Cora G. Molloy

So ist das Leben einfach

Cora G. Molloy

So ist das Leben einfach

Bibliographische Informationen der Deutschen
Nationalbibliothek:

Die Deutsche Nationalbibliothek verzeichnet diese
Publikation in der Deutschen Nationalbibliographie ;
detaillierte bibliographische Daten sind im Internet unter:
http://dnb.dnb.de abrufbar.

Copyright © 2019 Cora G. Molloy
Alle Fotografien und Covergestaltung: Cora G. Molloy

Herstellung und Verlag
BoD – Books on Demand, Norderstedt

ISBN: 978-3-7347-5930-7

Manchmal geht es im Leben nur langsam
kriechend vorwärts und mit ungewissem Ziel ...

Ein Ende

„Ich glaube das jetzt einfach nicht!", fassungslos starre ich auf das Chaos vor mir. Aber ist ja klar, immer wenn man es besonders eilig hat, dann passiert sowas Blödes und man braucht extra viel Zeit, um die Sauerei wieder wegzumachen. In diesem Fall ist es eine Ölflasche, die ich in der Eile umgestoßen habe und die auf dem Boden gerade zu Bruch ging. Der Supergau in der Küche: Glassplitter mischen sich in Ölpfützen, die Schränke fettig vollgespritzt. Denn NATÜRLICH war es die noch fast volle Flasche! Ich stoße ein paar wilde Flüche aus. Nicht, dass es irgendetwas besser macht, aber es fühlt sich in der Situation einfach gut an.

Mit ganz viel Küchenrolle betreibe ich Schadensbegrenzung, für mehr reicht die Zeit jetzt echt nicht mehr. Ich hinke meinem Zeitplan bereits deutlich hinterher und die gründliche Reinigung muss dann einfach auf meine Rückkehr warten. Ich wage nicht zu hoffen, dass Andreas mir diesen Job abnimmt. Dennoch lege ich ihm schnell noch einen Zettel hin. Er läuft ja auch immer barfuß durch die Wohnung und wenn er ausrutscht oder sich einen Splitter einfängt, dann bin ich ja doch wieder diejenige, die sich Vorwürfe macht.

Ich bin froh, dass man heute schon am Vortag am Computer einchecken kann, und da ich nur Handgepäck dabei habe, brauche ich dafür gleich auch nicht anstehen. Allerdings sind dafür die Sicherheitskontrollen umfassender geworden, wodurch sich der Zeitgewinn wieder ausgleicht. Es ist, als ob es eine bestimmte Balance gäbe und irgendwie wird ein Gleichgewicht hergestellt, egal, wie man sich anstellt im Leben. Ich plane ja immer einen Zeitpuffer ein, so dass mein Zeitbudget nicht bei der ersten Kleinigkeit ins Wanken gerät. Viel passieren sollte jetzt allerdings nicht mehr. Es kommt, wie es kommen muss...

Während ich angespannt in meiner Straßenbahn Richtung Flughafen sitze, atme ich erst mal tief durch. „Wird schon alles klappen!", beruhige ich mich gerade selbst, als die Bahn auf offener Strecke anhält und der Fahrer genervt durchsagt: „Wenn der Falschparker da vorne dann mal sein Auto von den Gleisen befördert, können wir auch weiter fahren." Ich verspüre unbändige Lust den Falschparker mal persönlich kennen zu lernen und ihm meine Meinung zu sagen. Alternativ kaue ich an meinen Fingernägeln. Der heutige Tag zählt eindeutig zu denen, die man besser komplett im Bett verbringen sollte, um Unglück zu vermeiden. Aber wer kann es sich schon leisten, all diese Tage tatsächlich nicht aufzustehen? Ich jedenfalls nicht. Ohnehin entbehrt es meinem Termin in München jeglichem Spaßfaktor: Es geht nämlich zu einer Beerdigung.

Immerhin ist diese Beerdigung für mich kein so schlimmes emotionales Ereignis, sondern mehr Pflichtprogramm, denn den Großonkel, der heute beigesetzt wird, kannte ich nicht besonders gut. Ich habe ihn in meinem ganzen Leben vielleicht zehn Mal gesehen und das, was ich von ihm „kannte", konnte ich nicht mal besonders gut leiden. Aber meine Eltern hatten mich gebeten zu kommen und ich wollte ihnen das nicht abschlagen. So richtig Lust auf ein Wiedersehen mit meiner ganzen Verwandtschaft habe ich nun auch nicht gerade. Es hat schon seinen Grund, dass ich als einzige aus der ganzen Sippschaft so weit weg gezogen bin. Fühle ich mich doch immer so ein wenig wie das schwarze Schaf, weil es mir an Ehrgeiz, Geschäftssinn und modischem Schick fehlt. Im Gegensatz zu meinen Tanten, Onkeln, Cousins und Cousinen mit ihren tollen Häusern, Kindern, Autos, Urlauben, …

„Naja, die Sache mit dem Hinfliegen klappt nur,

wenn der Falschparker tatsächlich mal sein Auto bewegt", denke ich, nachdem gefühlt eine Viertelstunde vergangen ist und es mir bei den Gedanken an die Verwandtschaft plötzlich gar nicht mehr so unattraktiv erscheint, wenn ich quasi durch höhere Gewalt mein Flugzeug verpassen würde und notgedrungen nicht bei der Beerdigung anwesend wäre. In der Bahn entsteht durch den Stillstand große Unruhe, überall werden Handys gezückt und lautstark Verspätungsmeldungen durchgegeben oder die Zeit mit ausführlichem Morgenklatsch überbrückt. Es würde wohl kaum helfen, wenn ich am Flughafen anrufe und durchgebe, dass sie bitte auf mich warten sollen, ich käme gleich.

Auf jeden Fall fällt mir bei dieser Gelegenheit mal wieder auf, wie unendlich nervig diese Telefonate in der Bahn sind. Mir persönlich ist das immer unendlich peinlich wenn ich mal in der Bahn angerufen werde. In der Regel gehe ich erst gar nicht dran, was freilich einfach fällt, wenn man den Anruf gar nicht mitbekommt, weil der Ton mal wieder ausgestellt ist. Nun, andere handhaben das anders und ich erfahre (wie die anderen Mitreisenden im halben Waggon), was für ein unglaublicher süßer Typ doch der Stefan ist. Wieso schreit die junge Frau eigentlich so in den Hörer? Erzählt sie es gerade ihrer halbtauben Oma? Meine Phantasie geht sofort wieder mit mir durch: Offensichtlich möchte sie die Person am anderen Ende der Telefonleitung beeindrucken, dass sie gleichzeitig die halbe Bahn mit ihrem Liebesleben „erfreut" scheint sie nicht zu bemerken. Die Oma ist es dann wohl doch eher nicht. Eine Freundin oder eine Konkurrentin? Ein Freund, der eifersüchtig gemacht werden soll? Vielleicht flunkert sie auch nur was vor, denn so perfekt wie sie ihn darstellt, muss sie entweder total verliebt sein oder total blind – wobei das ja gerne mal in Kombination auftritt. Ich frage mich, ob ich am Anfang meiner Beziehung auch so klang, wenn ich über Andreas gesprochen habe. Ganz schön lange ist das her. Auf jeden Fall habe ich nicht lautstark in der Bahn über ihn gesprochen. Womöglich ist dieser Stefan schlichtweg erfunden? Irgendwie ist es wie ein Hör-Selfie, was das Mädchen hier so präsentiert. Erstaunlicherweise realisiert sie in keinster Weise, dass dieses „private" Gespräch von zahlreichen Insassen der Bahn zwangsläufig mitgehört wird, und man sieht den Meisten davon an, dass sie – genau wie ich – auf diese Beschreibung gerne verzichten würden. In Anbetracht dieser Situation wird mir verständlich, wieso Ohrstöpsel in der Bahn so weite Verbreitung haben. Mit eigener Musik erspart man sich zumindest die Telefonate anderer.

Über die Lautsprecher ertönt nach einer gefühlten Ewigkeit: „Wie schön, dass der Fahrer des Wagens, der uns an der Weiterfahrt gehindert hat, nun seinen Einkauf in der Apotheke beendet hat, und ich hoffe, er hat ein seinem Zustand entsprechendes Medikament bekommen." Gleichzeitig ruckelt die Straßenbahn und setzt endlich ihre Fahrt fort. Ein kurzer Blick auf die Uhr zeigt mir, dass mein Zeitplan einen weiteren sehr empfindlichen Sprung bekommen hat. Der Tag ist deutlich stressiger als geplant. Fast schon freue ich mich, wenn ich auf der Beerdigung etwas zur Ruhe kommen kann. Aber erst heißt es, den Flug zu erwischen.

Nach Ankunft der Bahn am Flughafen sprinte ich zur Sicherheitskontrolle und da Sprinten jetzt nicht unbedingt zu meinen normalen Fortbewegungsarten gehört, bin ich ziemlich schnell ziemlich außer Puste. Während ich schnaufend meinen Boardingpass vorzeige, sehe ich die lange Schlange vor der Sicherheitskontrolle. War ja klar! Gehört schließlich zu den Naturgesetzen bescheuerter Tage. Und da muss ich jetzt durch – im wahrsten Sinne des Wortes. Immerhin ermöglicht mir das Warten meine natürliche Atmung wieder zu erlangen, so dass ich zumindest nicht mehr schnaubend wie eine Dampflokomotive meine Sachen in die Plastikwanne zum Durchleuchten lege. NATÜRLICH habe ich meine Nagelfeile in der Handtasche vergessen, weshalb ich meine Tasche öffnen und mich von dem guten Stück trennen muss. Wieder einige kostbare Minuten verloren und endlich hechte ich weiter zum Gate. Der Flug zeigt auf der Tafel nun eine Verspätung an. Ironie des Schicksals. Jetzt, wo ich es allen Widrigkeiten zum Trotz pünktlich geschafft habe, hat das Flugzeug Verspätung womit mein Zeitplan in München nun ebenfalls auf eine Probe gestellt wird.

Da hätte ich besser doch den Flug am Vortag genommen. Allerdings hätte ich dann auch schon gestern Urlaub nehmen müssen und überhaupt „Hätte, hätte, Fahrradkette ...", entfährt es mir halblaut und meine Sitznachbarin schaut mich leicht entgeistert an. Mit einem unverbindlichen Lächeln hole ich mein Buch aus der Tasche, stecke schnell den Kopf hinein und verflüchtige mich in eine andere Welt ...

Lesen ist einfach eine wundervolle Sache. Wenn es Bücher nicht schon gäbe, müssten sie wirklich unbedingt erfunden werden! Anders als bei einem Film, kann ich meine eigene Phantasie auf Reisen schicken. Kann das Tempo und die Bilder selbst bestimmen. Ich kann Abtauchen in andere Welten, andere Leben und all das, ohne mich auch nur ein bisschen von der Stelle zu bewegen. Naja, es funktioniert nicht ganz ohne mich zu bewegen, denn selbst die angenehmste Haltung muss nach längerer Lesezeit mal verändert werden. Und blättern muss man ja auch. Aber das ist auch gut so, denn nur den Geist auf Reisen schicken und den Körper ganz vergessen, ist auf Dauer kein guter Zustand. Auf jeden Fall wird mein Körper beim Lesen eher unwichtig, genau wie der Rest von mir. In gewisser Weise verschwinde ich im Buch, löse mich für diese Welt auf und „bin dann mal weg". Ich habe schon immer gern gelesen, also zumindest seit ich es kann. Darum ist es auch kaum verwunderlich, dass ich Buchhändlerin werden *musste*. Damit habe ich in mein Hobby zum Beruf gemacht was ja ein ziemlich paradiesischer Zustand ist. Andreas wirft mir das auch immer wieder gerne vor, besonders kombiniert mit einer gewissen Abwertung, dass es darum ja auch kein richtiger Beruf sei, nur weil ich Spaß daran habe. Dabei sollte es normal sein, eine Arbeit zu tun, die einem auch Freude bereitet! Ich gehe davon aus, dass eine Portion Neid hinter seinen Äußerungen steckt.

Wartezeiten lassen sich für mich also mit Lesen in der Regel problemlos überbrücken, so dass ich mich beim Warten am Gate sowie während des Fluges bis zur Landung entspannt meiner Lektüre hingebe. Das ist auch die beste Stärkung für den nächsten Schweinsgalopp, der mir in München bevorsteht. Überraschenderweise geht nach der Landung alles glatt: Ich erwische direkt eine Bahn in die Stadt, habe sofort Anschluss und schaffe es in gut einer Stunde zum Waldfriedhof. Tatsächlich noch rechtzeitig *vor* Beginn der Trauerfeier. Und wirklich, zu spät kommen ist immer ätzend, aber verspätet bei einer Trauerfeier aufzutauchen ist unfassbar ätzend. Es sind so viele Menschen hier, die ich nicht kenne. Mit diesem Zweig der Familie hatte ich eher weniger zu tun. Suchend blicke ich mich nach bekannten Gesichtern um und entdecke endlich auch meine Eltern. „Puh, gerettet", denke ich. Auch mit Mitte Dreißig kann man sich bei so einer Gelegenheit noch kindlich verlassen fühlen und sehr froh sein, die Eltern zu sehen! Bei ihnen angekommen, begrüßen sie mich im Flüsterton.

Und natürlich dauert es keine drei Sätze, bis mein Vater schon direkt den linken Haken rausholt: „Ist dein Mann also wirklich nicht mitgekommen!" Und wieder einmal fühle ich mich in einer Vermittlungsposition, die ich gar nicht einnehmen möchte. „Andreas hat doch diese Woche eine Schulung, die kann er nicht einfach absagen und er kannte Onkel Herbert doch gar nicht", antworte ich zu seiner Ehrenrettung, während ich mich gleichzeitig frage, wieso ich nicht für mich selbst eine Entschuldigung und Ausrede hatte finden können, nicht zu kommen. Und in Anbetracht der Spannungen zwischen meinem Vater und Andreas ist es kaum verwunderlich, dass er nicht kommen wollte. Allerdings hatte Andreas es nicht mal in Erwägung gezogen zur Beerdigung mitzufahren. Wenn ich so darüber nachdenke, ist ein Teil von mir sogar erleichtert, dass Andreas nicht dabei ist. Ich hätte ja doch nur die ganze Zeit wieder seine schlechte Laune ausgleichen müssen. Wieso mache ich das eigentlich? Und wieso ist das so? Wieso kriegen Andreas und mein Vater es nicht alleine hin, sich auf einer vernünftigen Ebene zu begegnen?

Bevor ich mich weiter diesem Gedanken widmen kann, hakt mich meine Mutter unter und bringt mich in Bezug auf die anwesende

Verwandtschaft auf den Stand der Dinge. Gleichzeitig führt sie mich in die Kultur des Trauerwesens ein. So viele Beerdigungen – bei der letzten war ich noch ein Kind – habe ich nämlich zum Glück noch nicht mitgemacht und fühle mich auf diesem Boden recht unsicher. „Hast du Tante Anna und Onkel Holger schon kondoliert?", geht es dann auch direkt los. „Äh, nö. Mache ich das jetzt? Wo sind die Beiden denn überhaupt?", antworte ich unsicher. „Na, da vorne", Mama deutet auf ein grauhaariges Paar. „Ach, ja klar. Wow, sind die alt geworden", rutscht es mir raus und der Konter meiner meine Mutter lässt nicht lange auf sich warten: „Du wirst auch nicht jünger, mein Kind", und nach kurzer Pause kommt noch mein absoluter Lieblingssatz nach: „und du hast auch wieder zugenommen, oder?" Gut, haben wir diesen obligatorischen Begrüßungsritus dann auch hinter uns gebracht. Oder hofft sie mit dem Blick auf meinen Bauch etwa, dass ich ihr das langersehnte Enkelchen ankündige? Tja, die Wünsche von Eltern und Kindern sind oft genug nicht deckungsgleich und in dieser Frage sind nicht mal meine und Andreas' Wünsche deckungsgleich. Ich fühle mich nicht bereit für Kinder. Ganz sicher nicht! Bevor ich meine Gedanken zu diesem Thema fortsetzen kann, beginnt die Trauerfeier.

Auch wenn Onkel Herbert in meinem Leben keine große Rolle gespielt hat, so erfasst mich doch die allgemeine Trauerstimmung. Anna weint und mir wird wieder einmal bewusst, wie wichtig Trauer ist. Abschied nehmen, Trennungs- schmerz für diejenigen, denen der Tote etwas bedeutet hat. Es bedeutet loslassen und das ist oft genug viel schwerer als festhalten. Jeder verarbeitet einen Verlust anders. Wie wird es wohl sein, wenn ich mal meine eigenen Eltern beerdige, wenn ich von ihnen Abschied für immer nehmen muss? Schließlich sind wir alle sterblich, was ja auch gut so ist. Den Gedanken, uralt zu werden, finde ich nämlich wenig attraktiv. Weder in unserer Gesellschaft, die mir zunehmend fremd ist, noch in einem Körper, der nicht dafür gemacht ist, furchtbar alt zu werden, auch wenn wir dank Ernährung und Medizin heute älter werden, als das Verfallsdatum unseres Körpers oder manchmal auch unseres Verstandes. Der Tod wird nicht umsonst oft genug als Segen bezeichnet. Solange wir das Leben gelebt und genossen und genutzt haben, dann ist es doch auch ganz okay irgendwann abzutreten.

Wie sieht es denn eigentlich mit meinem Leben aus? Lebe ich? Genieße ich? Nutze ich mein

Leben? Ein Gefühl, dass ich eher genutzt und ausgenutzt werde beschleicht mich ... „Kommst du?", raunt meine Mutter mir zu, als sich die Prozession zum Grab in Bewegung setzt und ich das vor lauter Versunkenheit in meine Gedanken gar nicht mitbekommen habe.

Später, beim Leichenschmaus, habe ich dann Gelegenheit, meine Verwandten wieder mal aus der Nähe zu erleben und meine Kenntnisse über sie aufzufrischen. In manchen Fällen eine Erfahrung, auf die ich auch gut hätte verzichten können. Dafür lerne ich tatsächlich noch einen Zweig der Familie kennen, den ich noch gar nicht kannte. Beerdigungen sind durchaus auch eine Form der Familienzusammenführung. Ab einem gewissen Alter vermutlich sogar die häufigste Art von Familientreffen. Ein Gedanke, der nun auch nicht gerade fröhlich stimmt.

„Hallo Claudia, du hast dich ja gar nicht verändert!", werde ich mehrfach von Verwandten begrüßt, an deren Namen ich mich nicht direkt erinnern kann. Aber zum Glück souffliert mir meine Mutter gekonnt und so trete ich in keinerlei Fettnäpfchen, und man lernt im Leben ja auch ein paar Strategien, um sich in solchen Situationen mit Floskeln aus der Affäre zu ziehen. Anderseits haben die ja mit den Floskeln angefangen, denn natürlich habe ich mich verändert, viele Verwandte habe ich bestimmt seit 10 Jahren oder länger nicht gesehen und mir kann keiner erzählen, dass ich mich in der Zeit nicht verändert hätte. Aber okay, ich übersetze das für mich als: „Ich habe dich immer noch wiedererkannt", was ich im Gegenzug nicht immer behaupten kann. Genau so oft, wie den Hinweis auf meine mangelnde Veränderung, höre ich an diesem Nachmittag die Frage, wo ich denn meinen Mann gelassen hätte. Und genauso oft darf ich als brave Ehefrau seine Abwesenheit mit dieser nicht zu verschiebenden unglaublich wichtigen Schulung entschuldigen, während ich mich innerlich ärgere, dass im umgekehrten Fall ich mir den Tag frei genommen hätte, um an seiner Seite zu sein. Die Schulung war lediglich eine Entschuldigung für seine Abwesenheit. „Er hatte keine Lust", käme wohl nicht so richtig gut rüber. Und ich schäme mich. Für ihn und für diese Lüge. Und ich ärgere mich. Über ihn, aber im Grunde noch mehr über mich. Warum mache ich das eigentlich? Warum ist es einfacher, eine Lüge zu erzählen als die Wahrheit? Auf jeden Fall sind – dank dieser Lüge – alle voller Verständnis für Andreas. Aber vielleicht ist diese Reaktion ja auch eine Lüge?

Aber jetzt ist keine Zeit zum Grübeln, Smalltalk ist angesagt. Und erinnern an einen Großonkel, an den ich praktisch kein Erinnerungen habe. Da ist es gerade schön, ihn in den Anekdoten meiner Verwandten auch ein wenig neu zu entdecken. In der Zuneigung der Anderen wird er mir ein kleines Stück sympathischer und nur weil ich ihn nicht leiden konnte, heißt ja nicht, dass er ein schlechter Kerl war, sondern vielleicht auch nur, dass ich ihn zu wenig kannte. So ist die Beerdigung auch eine gute Gelegenheit, Abbitte zu leisten. Und nach allem, was ich jetzt über meinen Großonkel weiß, würde ich ihn irgendwie gerne mal richtig kennenlernen. Nun, dafür ist es jetzt eindeutig zu spät! Vielleicht sollte ich zukünftig darauf achten, Verwandte zu Lebzeiten besser kennenzulernen …

Als meine Eltern signalisieren, dass wir gehen, bin ich dennoch heilfroh. Es ist ein anstrengender Tag gewesen und ich freue mich auf einen ruhigen Abend. Damit ich nicht wieder zurückhechten muss, habe ich mit meinen Eltern ausgemacht, dass ich bei ihnen noch eine Nacht bleibe, wobei ich durch die merkwürdige Stimmung des Tages jetzt auch wirklich gerne in meinem Zuhause wäre. Der Gedanke, mich auf mein eigenes Sofa zu kuscheln und den Tag in Ruhe auf mich wirken und in mir nachklingen zu lassen, ist sehr schön. Aber nun ist es so geplant, mein Flug geht erst morgen und so oft sehe ich meine Eltern ja auch nicht.

Zuhause

Seit ich erwachsen bin, fühle ich mich jedes Mal, wenn ich meine Eltern besuche, ganz merkwürdig. Wenn man nicht mehr im Elternhaus lebt, fühlt sich alles vertraut und gleichermaßen fremd an. Die Veränderungen sind zumeist eher klein, die Vertrautheit überwiegt, aber doch hat man ja sein eigenes Zuhause und so wird man zum Gast, aber eben auch nicht. Man ist und bleibt ihr Kind, aber ist es irgendwie eben auch nicht mehr. Für meine Eltern ist es vermutlich ähnlich merkwürdig, wenn sie mich besuchen, auch wenn mein Zuhause niemals ihr Zuhause war, so fühlen sie sich doch als Eltern für mich immer noch verantwortlich und zuständig, auch wenn ich eigene Wege gehe. Und das ist schön und lästig zugleich. Familienbeziehungen sind besonders komplex und schon allein deshalb nicht mit Freundschaftsbeziehungen zu vergleichen.

Und weil ich als Gast/Kind/Familienmitglied da bin, werde ich betüddelt, darf aber auch mithelfen und es wird in der Alltagsgestaltung wenig Rücksicht auf meine Anwesenheit genommen. Wie schön wäre es, zumindest kurz mit Andreas zu telefonieren, aber der hat heute seinen Männerabend beim Kegeln und da ist er sowieso nicht zu erreichen. Selbst an einem Tag wie diesem nicht. Andere Paare telefonieren, wenn einer verreist ist. Andreas findet das nicht notwendig, was ich sehr schade finde. Aber wir telefonieren ohnehin selten. Wir reden auch selten wenn wir zusammen sind, fällt mir gerade auf. „Wir sind eben ein eingespieltes Team, da muss man nicht so viel reden", erkläre ich es mir. Oder rede ich es mir schön? Aber ich gönne ihm den Abend mit seinen Kumpeln. Da er immer so viel arbeitet, braucht er auch mal Ablenkung und Erholung! Schreibe ich ihm halt eine kurze Nachricht.

Meine Mutter füllt bei mir noch ein paar Wissenslücken über meine Verwandten und andere Bekannte, auch wenn ich diese gar nicht als Wissenslücken empfunden hatte, während mein Vater sich im Garten austobt und ein kleines Beet umgräbt, das später mit irgendwelchem Gemüse bevölkert werden wird. Seine Begeisterung gilt dem Garten, während meine Mutter die Küche zu ihrem Hobby gemacht hat und wundervolle Gerichte aus dem selbst gezogenen Obst und Gemüse zaubert, die beide gemeinsam wirklich genießen. Vielleicht umso mehr, da jeder seinen Beitrag dazu geleistet hat? Die beiden arbeiten ganz hervorragend Hand in Hand! Genetisch ist bei mir weder die eine noch die andere Leidenschaft angekommen und ich muss gestehen, dass meine Begeisterung sowohl für Garten als auch Küche sehr gering ausgeprägt ist und wir es deshalb in unserer Stadtwohnung ohne Garten, aber dafür mit großem Balkon und Blick auf städtisches Grün sehr gut aushalten können. Überhaupt bin ich sehr froh, möglichst wenig „Haushalt" zu haben, ich kann Hausarbeit nämlich echt nicht leiden. Immer wieder die gleichen Dinge. Staub gewischt und schwupp, ist er wieder da. Fenster geputzt und schwupp, scheint die Sonne darauf und es sieht aus, als ob sie seit Monaten kein Fenstertuch gesehen hätten. Wäsche gewaschen und schwupp ist der Wäschekorb auf magische Weise neu gefüllt. Schlimmer noch: Der Korb mit Bügelwäsche, der immer nur zuzunehmen scheint, was freilich auch daran liegen könnte, dass ich mich erfolgreich davor drücke und immer nur das gebügelt wird, was gerade unbedingt gebraucht wird, während der Rest geduldig wartet, gebraucht und endlich auch gebügelt zu werden. Ich vermute, es würde gar nicht alles in den Kleiderschrank passen, wenn sämtliche Wäsche gewaschen und gebügelt wäre. Trotz meiner Abneigung gegen diese Arbeiten, mache ich das meiste davon alleine, was einfach daher kommt, dass ich nicht Vollzeit arbeite, während Andreas lange Tage schiebt und dann spät und abgekämpft nach Hause kommt. Mit der

Ordnung übertreibe ich es sicher nicht, was Andreas wiederum ziemlich nervt, denn er ist für ein aufgeräumtes Zuhause. Nun, solange er sich so wenig beteiligt, hat er wohl kaum ein Recht, pingelig zu sein oder rumzumeckern, oder?

Bei meinen Eltern hingegen ist alles picobello. Vielleicht bin ich ja doch aus der Art geschlagen? Im Krankenhaus damals vertauscht? Andererseits sehe ich beiden ähnlich, was die Zugehörigkeit zur Familie dann wieder deutlich anzeigt. Im Biologieunterricht haben wir ja gelernt, dass manche Eigenschaft eine Generation überspringt. Die Ordnungsliebe jedenfalls habe ich nicht geerbt. Und sonst? Das mit dem Garten und Kochen ja auch nicht. Begeisterung für Bücher, Humor, wenig Schlaf brauchen und Optimismus – das sind auf jeden Fall Dinge, die sie mir mitgegeben haben. Ob jetzt genetisch oder anerzogen ist mir ehrlich gesagt egal. Es sind tolle Geschenke für das Leben und ich bin meinen Eltern dafür wirklich dankbar!

Während der Fernseher läuft, betrachte ich die beiden und auch wenn sie mich manchmal in den Wahnsinn treiben (meine Mutter mit den Kommentaren über meine Unordnung und mein Gewicht und mein Vater mit seinen abfälligen Kommentaren über Andreas), so haben sie einfach viele gute Seiten und ich bin froh, Eltern wie sie zu haben. Sie haben mich nie ausgebremst, meinen eigenen Weg zu gehen. Seit meiner Kindheit haben sie mir Halt gegeben, aber auch Flügel. Dass das so sein sollte, habe ich als Spruch mal auf einer Postkarte gelesen. Ich weiß nicht mehr, von wem der Satz war, aber er erscheint mir sehr richtig! Also Mama und Papa: alles richtig gemacht! Wobei man ja nie *alles* richtig macht. Geht ja auch gar nicht, denn schließlich sind wir Menschen. Geboren um Fehler zu machen – oder so. Sollte ich wider Erwarten doch irgendwann mal Kinder haben, dann hoffe ich, dass ich ihnen auch Halt und Flügel geben kann.

Das, was meine Mutter nicht verstehen kann, auch wenn wir schon oft darüber diskutiert haben, ist meine Ablehnung, selbst Kinder zu haben. Naja, als Mutter hat sie offensichtlich für sich eine andere Entscheidung getroffen oder es war damals einfach Teil des Selbstverständnisses als Frau, nicht nur Ehefrau, sondern auch Mutter sein zu wollen. Aber heute ist das anders, denke ich zumindest. Sex hat seine Rolle als reiner „Reproduktionsakt" ja auch verloren. Liebe und Leidenschaft haben einen Eigenwert bekommen. Eine Frau heiratet meist auch nicht mehr, um Kinder zu haben, sondern weil sie den Mann liebt und mit ihm für immer zusammen leben möchte. Zusammen alt werden. Und oft genug möchte man auch einfach zusammen alt werden, auch ohne Trauschein. Viel hat sich in den Vorstellungen und Erwartungen geändert. Auf jeden Fall kann ich es mir nicht vorstellen, Kinder zu haben. Oder kann ich es mir nur nicht mit Andreas vorstellen, der selbst oft genug wie ein Kind ist? Mein Beruf macht mir Spaß, mir fällt zuhause schnell die Decke auf den Kopf und ein Kind direkt in Betreuung zu geben, damit ich arbeiten kann, ist auch irgendwie unsinnig, weil ich, wenn ich denn eins hätte, auch Zeit für es haben wollte und es nicht zur Erziehung anderen überlassen möchte. Davon abgesehen, dass ich spätestens während der Nachrichten starke Zweifel habe, ob man ruhigen Gewissens in diese Welt überhaupt noch Kinder setzen kann. Was für eine Zukunft haben sie überhaupt? Umweltzerstörung, zunehmende Gewalt, Oberflächlichkeit und Schnelllebigkeit unserer Zeit ... Echt kompliziert, das alles. Für mich spricht einfach alles dafür, kein Kind zu haben.

Da mir Fernsehen keinen Spaß macht, vertiefe ich mich wieder in mein Buch. Ich reise gerade durch das Mittelalter und wundere mich einmal mehr, wie schlecht sich manche Autoren historischer Romane in andere Zeiten versetzen können. Oder vielmehr wie schlecht sie recherchiert haben. Zumindest sollte der Autor (oder sein Lektor) wissen, dass auf einem mittelalterlichen Bankett keine Kartoffeln aufgetischt werden können! Und das ist nur einer der groben Fehler, die ich in diesem Buch gefunden habe. Nun, ich werde es unseren Kunden im Laden ganz bestimmt nicht empfehlen!

Und wieder einmal freue ich mich, dass meine Arbeit so nah an meinen Interessen liegt. Für viele, die ich kenne, sieht das ganz anders aus, da brauche ich nur auf Andreas zu schauen. Seine Eltern haben ihn bei der Berufswahl nur insofern unterstützt, dass sie dafür gesorgt haben, dass er sich einen Job sucht, in dem er viel Geld verdienen kann. Verantwortung, Leidenschaft und Begeisterung spielten da leider keine Rolle. So wurde er nach einem Studium der Betriebswirtschaftslehre ins Management gedrängt, obwohl es ihm an Führungsqualitäten durchaus fehlt. Seine Interessen sind Geld und Macht. Als

Geschäftsführer verdient er ziemlich gut, ist immer sehr beschäftigt und fühlt sich sehr wichtig. Wie oft habe ich ihm gesagt, dass es mir lieber wäre, wenn er weniger arbeiten würde, wir dafür aber mehr Zeit zusammen hätten. Und es würde mir auch nichts ausmachen, wenn er dann eben weniger verdient. Geld macht nicht glücklich, mich zumindest nicht. Aber Andreas sieht das anders. Geld ist für ihn Sicherheit, Prestige und Notwendigkeit, um sich etwas leisten zu können und um Wohlstand nach außen zu demonstrieren. Meistens ist er einfach nur gestresst, da er zu viel arbeitet, sich unter Druck fühlt (unter den er sich oft genug selbst setzt) und kommt inzwischen gar nicht mehr richtig zur Ruhe. Selbst seine Hobbies sind teilweise nicht seine eigenen Interessen, sondern etwas das er pflegt, um Geschäftskollegen oder Kunden zu beeindrucken. Irgendwie bleibt er selbst auf der Strecke. Genauso wie die Mitarbeiter seines Unternehmens, die nur das Werkzeug sind, mit denen er seine ehrgeizigen Ziele und Vorgaben erfüllt. Sie müssen die erwartete Umsatzsteigerung erbringen, sonst werden sie ziemlich schnell aufs Abstellgleis geschoben und – wenn es sich machen lässt – abserviert. Sein bester Freund Marc ist zugleich der Firmenanwalt, der ihn bei solchen Aktionen tatkräftig unterstützt und manchmal wird mir ganz schlecht, wenn ich den beiden zuhöre, wie sie über die Menschen sprechen, die dafür arbeiten, dass die beiden ein so gutes Gehalt verdienen, während sie selbst mit möglichst niedrigen Löhnen abgespeist werden.

Mir sind Menschen wichtiger als Geld. Das sind Werte, die meine Eltern mir mitgegeben haben. Andreas schimpft mich dafür eine weltfremde Romantikerin. Aber er nimmt mich in solchen Dingen ohnehin nicht ernst. Für ihn ist meine Arbeit keine Arbeit, sondern ein kleiner Nebenverdienst aus meinem Hobby. Aber sind es nicht die Mitarbeiter, die eine Firma zu dem machen, was sie nach außen darstellt? Die ein gutes Produkt herstellen, sich einsetzen, Kundenkontakte pflegen und oftmals mehr über die Vorgänge in der Firma wissen als Manager wie Andreas, denen das Produkt, die Firma und die Mitarbeiter egal sind, solange der Profit stimmt? Andreas behauptet, Management ist eine übergeordnete Tätigkeit, die distanzierten Überblick erfordert, weshalb er sich keine persönliche Bindung zu den Mitarbeitern erlauben kann. Dass es ihm gleichzeitig auch an Einblick, Verstehen, Verständnis sowie Rückhalt in der Firma fehlen könnte, erschließt sich ihm nicht. Für ihn liegt der Erfolg einer Firma in den Leistungen der Firmenleitung, während er die Mitarbeiter als austauschbar betrachtet. Das dient ihm selbst als Legitimation, sich im Wesentlichen mehr für seinen eigenen Profit als für die Firma einzusetzen. Statt miteinander wird oft genug gegeneinander gearbeitet. Ständig hat Andreas das Gefühl, sich als Chef beweisen zu müssen und ist getrieben von dem Gedanken noch mehr zu verdienen, sprich: noch mehr aus den Mitarbeitern herauszuholen. Es mag eine altmodische Sicht der Dinge sein, aber für mich ist ein Chef verantwortlich für das Wohlergehen der Firma *und* seiner Mitarbeiter. Und auch im Management arbeiten Mitarbeiter der Firma, wenngleich es sich um Mitarbeiter mit größerer Verantwortung handelt. Sie haben die Verantwortung, die anderen Mitarbeiter zu motivieren und ins (Firmen)Boot zu holen. Und damit ist keine Galeere gemeint, in der die Mitarbeiter unten unter Peitschenhieben rudern, während die Führungskräfte sich an Deck sonnen und ab und zu mal einen härteren Takt vorgeben. Wie oft haben Andreas und ich uns schon deswegen gestritten und doch keine versöhnliche Lösung für unsere unterschiedlichen Sichtweisen gefunden. Wir sind inzwischen dazu übergangen, das Thema schlichtweg zu vermeiden.

Natürlich behält jeder auch in einer Beziehung das Recht auf seine eigene Meinung. Dennoch gibt Andreas mir immer wieder das Gefühl, ein dummes, verträumtes Mädchen zu sein, das sich an schwärmerischer Menschlichkeit festhält, während er der rationale Erwachsene ist, der Bescheid weiß. Ein Zustand, der mich belastet und wütend macht, sobald ich daran denke, aber worüber wir ebenfalls nicht (mehr) sprechen.

Nun, in „meinem" Geschäft, der kleinen Buchhandlung, in der ich arbeite, hat die Zwischen-/Menschlichkeit einen sehr großen Platz und ihr Erfolg basiert sogar genau darauf. Denn natürlich kann ich ein Buch anonym im Internet bestellen, mir teilweise komplett nutzlose Kommentare anderer Käufer durchlesen und hey, ich muss nicht mal meinen Hintern vor die Türe bewegen, weil ich das Buch direkt in meinen Briefkasten geliefert bekomme. Aber es gibt auch genug Menschen, die es mögen, erst mal in einem Buch zu blättern oder zu schmökern, bevor sie es kaufen. Die es mögen, wenn sich über ein Buch ein Gespräch entspinnt. Die es schön finden, bei der Suche nach neuer Lektüre oder einem Geschenk beraten zu werden. Die den direkten Kontakt mit anderen Menschen als etwas Wertvolles und

Schönes empfinden und schon allein deshalb gerne in der Buchhandlung vorbeischauen, nicht immer, um etwas zu kaufen, manchmal auch nur, um ein wenig zu plaudern oder vielleicht auch etwas Frust abzuladen, um dann wieder gestärkt (vielleicht mit einem schönen Buch) in ihren Alltag zurückzukehren. Damit kann die Buchhandlung etwas bieten, das das Internet definitiv nicht kann und wenn ich mir den Verlust zwischenmenschlicher Beziehungen heutzutage so ansehe, ist das ganz schön viel.

Mein Blick fällt auf den Fernseher, auf dem ein Krimi flimmert. Gibt es echt nichts anderes mehr? 80% des Fernsehprogramms scheint aus Krimis zu bestehen. Ich beschließe, doch lieber Schlafen zu gehen und meine Lektüre, wenn überhaupt heute noch, im Bett fortzusetzen.

Das jetzige Gästezimmer war früher mein „Mädchenzimmer". Ich muss daran denken, wie ich es damals eingerichtet hatte und dass mir der Blick aus dem Fenster immer unglaublich gut gefallen hat. Ein großer Baum steht fast zum Greifen nah und man kann in ihm wunderbar Vögel beobachten und manchmal huscht auch ein Eichhörnchen vorbei. Ein kleines Nest, das schon vor vielen Jahren gebaut wurde, wird seit Vogelgedenken – auch wenn es wohl eher mein Gedenken ist – gepflegt und immer wieder „renoviert" und weiter genutzt. Es sind Amseln, die diesen Platz wiederholt zum Brüten nutzen. Wie viele Stunden habe ich schon damit verbracht, die Jungvögel bei ihren ersten Erkundungen und Flugversuchen zu beobachten, wenn sie flügge geworden waren? Einmal hatte sich eine der Katzen aus der Nachbarschaft auf die Lauer gelegt, aber nachdem ich sie entdeckt hatte, konnte sie ein gut gezielter, aber schlecht getroffener Wurf meines Hausschuhs zumindest so erschrecken, dass sie von diesem Jagdunternehmen Abstand nahm. Die Katze nahm fortan immer Reißaus, wenn sie mich sah und ich fühlte mich wie Robin Hood im Kampf für die Unterdrückten. Damals dürfte ich so neun Jahre alt gewesen sein.

Insgesamt habe ich erstaunlich wenig konkrete Erinnerungen an meine Kindheit. Komisch, dabei habe ich gar nicht so viel erlebt, dass die alten Erinnerungen durch ganz viele neue Erlebnisse überlagert werden könnten. Aber ich lebe im Augenblick. Das, was ich hier und jetzt tue, hat die größte Priorität und erhält meine ganze Aufmerksamkeit. Nicht alles wird in meinem Gehirn gespeichert und abgelegt, also irgendwo vermutlich schon, aber die Schubladen meines Langzeitgedächtnisses sind tief und es ist mir gar nicht wichtig, in den alten Erinnerungen zu viel zu verweilen. Ich nehme dafür sehr bewusst den Augenblick wahr, kann ihn genießen und – wenn er nicht schön ist – als Phase und Übergangszustand leichter ertragen. Wobei ich in meinem Leben noch nie wirklich schreckliche Dinge erlebt habe: keinen Krieg, keinen Unfall, keinen schlimmen Verlust. Vielleicht hat Andreas ja doch Recht und ich komme von der Insel der Glückseligen? Auf jeden Fall schätze ich mich sehr glücklich dafür, so behütet und geliebt aufgewachsen zu sein.

Zu meinem großen Bedauern waren mir allerdings keine Geschwister vergönnt, obwohl ich mir sehnlichst einen großen Bruder oder lieber noch eine Zwillingsschwester gewünscht hatte. Beides ist für Eltern nur ziemlich schwierig zu liefern, und da ich als Kleinkind eine gewisse Erklärungsresistenz an den Tag legte, mussten meine Eltern mir quasi täglich aufs Neue ausführen, wieso es mit dem großen Bruder und der Zwillingsschwester nichts mehr werden konnte. Etwas, worauf sie heute immer wieder sehr gerne verweisen, auch wenn ich die Sache inzwischen dann doch verstanden habe.

Hier, in meinem früheren Zuhause, denke ich an mein jetziges. Ich fand es unbeschreiblich schön, zusammen mit Andreas ein „Nest zu bauen" – auch wenn unsere Vorstellungen, Gewohnheiten, Werte und Traditionen sehr unterschiedlich waren, haben wir gemeinsam unsere Vorstellung von einem Heim geschaffen. An diesem Abend bei meinen Eltern freue ich mich schon auf mein eigenes Zuhause: auf mein Bett, meine Möbel, mein Essen, meine Unordnung, meinen Mann. Ein Blick auf mein Handy zeigt mir, dass Andreas meine Nachricht zwar gelesen, aber offensichtlich auf das Senden einer Antwort verzichtet hat. Das gibt mir einen kleinen Stich, es wäre schön gewesen, ein liebes Wort von ihm vorzufinden. Aber so ist er nun mal. Zudem ist es ja bekannt, dass Männer anders kommunizieren als Frauen. Ein Thema, zu dem es zahlreiche Bücher gibt, die sich in der Buchhandlung nach wie vor ziemlich gut verkaufen. Angeblich müssen Frauen am Tag mehr Worte „loswerden". Der männliche Wortschwall konzentriert sich mehr auf männliche Gesprächspartner – oder auf Balzsituationen – und lässt sich gerne durch ein Bierchen hervorrufen ... Telefon und Kurznachrichten sind bei Männern meist weniger beliebt.

Müde von den Erlebnissen des Tages falle ich ins Bett und verzichte auf die Fortsetzung meiner Lektüre. Sie läuft ja auch nicht weg. Und nach den Kartoffeln auf dem mittelalterlichen Büffet ist meine Begeisterung für das Buch ohnehin weiter gesunken. Sollten jetzt noch Zucchini in dem Buch auftauchen, dann werde ich es definitiv nicht zu Ende lesen!

Rückweg

Nach einem leckeren Frühstück (die selbstgemachte Marmelade meiner Eltern ist wirklich legendär!) mache ich mich auf den Heimweg. Da ich heute ausreichend Zeit habe, gibt es auch keine Probleme mit dem Verkehr. Die öffentlichen Verkehrsmittel haben keine Verspätungen, der Flug ist pünktlich und auch der restliche Heimweg verläuft ohne Stress und ganz nach Zeitplan. Einen Wermutstropfen auf dieser entspannten Heimfahrt gibt es allerdings doch: Auf der letzten Etappe meiner Reise angekommen, schlägt der Versuch fehl, den Haustürschlüssel in meiner Tasche zu finden. Nach einem kurzen Moment der Panik fällt mir ein, dass ich ihn bei meinen Eltern auf die Anrichte gelegt hatte, als er mir beim Einpacken meines Buches in die Quere kam. Die Wahrscheinlichkeit, dass er dort noch immer beschützt und ungenutzt herumliegt, ist ziemlich hoch. Ein kurzer Anruf bei meinen Eltern bestätigt mir diesen Verdacht, so dass ich mir zumindest über den Verbleib keine Gedanken machen muss, eher darum, wie ich zuhause in die Wohnung komme. Ich rufe bei Andreas an. Seine Sekretärin nimmt meinen Anruf entgegen und teilt mir mit, dass er beschäftigt ist und sie ihn jetzt unmöglich stören kann. Sie ist so etwas wie Andreas Türsteher, die ihn gegen jede Art von Störungen hermetisch abriegelt. Auf jeden Fall werde ich grundsätzlich erst mal von ihr zum Warten verdonnert. Es gibt ihr vermutlich ein Gefühl von Wichtigkeit und vielleicht gehört es auch zu ihrem persönlichen Vergnügen, gerade mir gegenüber ihre Macht auszuspielen. Aber wer kann das schon sagen? Es ist mir schon klar, dass nicht jeder Anruf (egal ob von mir oder anderen) wichtig ist und sofort durchgestellt werden muss. Allerdings pressiert es mir jetzt gerade schon, in die Wohnung zu kommen, weil ich mal dringend ein stilles Örtchen aufsuchen möchte. Ich hätte ja schon längst den Nachbarn einen Schlüssel gegeben, aber Andreas hat es auf wundersame Weise geschafft, Streit mit fast allen Nachbarn heraufzubeschwören und hat es daher rigoros abgelehnt, einem von ihnen einen Schlüssel zu hinterlassen. Wieso er glaubt, sie könnten sich womöglich heimlich in die Wohnung schleichen wenn sie einen Schlüssel hätten und rumspionieren, was wir so haben, ist mir echt ein Rätsel. Ich finde die meisten Nachbarn ganz nett, aber respektiere Andreas' Wunsch, keinen Schlüssel weiter zu geben. Praktisch wäre das jetzt allerdings schon … Andreas' Büro ist am anderen Ende der Stadt, so lange möchte ich jetzt auch nicht unterwegs sein und da ich ihn nicht direkt erreichen konnte, muss ich die Zeit halt überbrücken.

Also gehe ich in ein Café, nutze die dortigen Örtlichkeiten, bevor noch ein Unglück passiert, und schlage die Zeit tot. Immerhin wird die Sekretärin Andreas ausrichten, dass ich den Hausschlüssel brauche, weil meiner noch in München ist. Sie reagierte genauso, wie ich es auch von Andreas erwarte: mit einem tiefen, genervten Seufzen und der implizierten Frage, wieso ich mit meinem persönlichen Problem so viele Umstände bereiten muss; so als hätte ich das absichtlich gemacht, nur um sie zu beschäftigen – irgendwie ein ganz schön verqueres Denken!

Während ich so im Café sitze und etwas unmotiviert in meinem Buch lese (Das Mittelalter, das sich mir darin präsentiert, erinnert mich irgendwie zu sehr an Hochglanzkino) schaue ich mich immer wieder nach interessanteren Dingen in meinem Umfeld um. Einfach nur Zeit totzuschlagen ist nicht so wirklich das, wonach mir der Sinn steht, während Beobachten mir schon mehr Freude bereitet. Andreas hat mir eine Nachricht geschrieben, dass er so in einer halben Stunde da sei. Die kriege ich schon noch überbrückt, schließlich sitze ich warm und trocken und gemütlich ist es hier auch. „Wie kommt es, dass ich so wenig ausgehe? Bin ich echt so ein

Stubenhocker geworden?", frage ich mich und beobachte die Menschen um mich herum. Da betritt ein gutaussehender Mann das Café. Er sucht sich einen freien Tisch am Fenster aus und ich stelle mir vor, dass er auf eine ebenso gut aussehende Frau wartet, die gleich das Café betreten wird. Erst mal setzt er sich einfach nur hin, bemerkt meinen Blick und wirft mir ein kleines Lächeln zu. Ein kleiner Sonnenstrahl schießt mir durch das Herz und es fühlt sich richtig gut an. Verlegen lächle ich zurück und schaue dann schnell auf die Uhr, um nicht so aufdringlich zu wirken und meinen Blick von ihm abzuwenden. Irgendwas an ihm gefällt mir, wobei ich gar nicht sagen könnte, was es genau ist. Irgendwie ist es seine Gesamterscheinung und ich wundere mich, wieso ich so auf ihn reagiere. „Hallo!", rufe ich mich selbst zur Raison. „Du bist glücklich verheiratet und schaust nicht nach anderen Männern und gleich kommt sowieso die Frau dieses Mannes und kratzt dir die Augen aus, wenn sie dich mit ihm flirten sieht." Ich stutze. „Ich flirte doch gar nicht!", antwortet eine andere Stimme in mir. „Männer gucken Frauen doch auch nach, wenn sie eine attraktive Frau sehen und da ist das dann ganz okay, aber ich fühle mich so, als ob ich etwas Verbotenes tue, nur weil ich mal einen fremden Mann anlächle. Und das im 21.

Jahrhundert! Kopfschüttelnd über mich selbst, wende ich mich wieder meinem Buch zu. Da kann ich mich auch mit falschem Mittelalter beschäftigen, wenn ich gedanklich eh noch darin lebe.

Dennoch schaue ich möglichst unauffällig immer mal wieder über die Buchseiten rüber zu ihm. Eine Frau ist noch nicht aufgetaucht. Ein kleines Herzflimmern lässt sich bei mir spüren. „Wie so ein Teenager!", schimpfe ich mich innerlich selbst aus und gleichzeitig hätte ich wirklich Lust, ihn anzusprechen. Einfach so. Total verrückt, denn so was mache ich doch nie! Aber bevor diese verrückte Claudia sich gegen die langweilige Claudia durchsetzen kann taucht Andreas auf und fast ärgere ich mich, dass er gerade jetzt auftaucht. Sein gehauchter Begrüßungskuss schmeckt mehr nach Gewohnheit als nach Liebe und mir wird schmerzlich bewusst, dass es an der Zeit ist, unsere Beziehung wieder mit Beziehung zu füllen.

Andreas hat den Kopf voller Arbeit und er lässt mich deutlich spüren, dass meine Vergesslichkeit ihm gerade echt nicht passt und es ihm unglaublichen Stress bereitet hat, jetzt hierher zu kommen, nur um mir den Schlüssel zu geben. Er nimmt mich gar nicht wahr und möchte nur schnell die Sache hinter sich bringen und ist direkt im Aufbruch. „Ich zahl' mal schnell für dich und dann düse ich wieder zur Arbeit, ich muss unbedingt noch für das Meeting morgen einige Dinge vorbereiten. Was bist du auch wieder so schusselig und lässt deinen Schlüssel liegen!", setzt er vorwurfsvoll hinzu. „Sei doch froh, dass ich ihn nicht verloren, sondern nur habe liegen lassen!", antworte ich angesäuert. „Du kannst mir auch einfach deinen Schlüssel hier lassen und wieder gehen. Ich bin ja nachher da, wenn du nach Hause kommst". Es ist so eine Mischung aus Friedensangebot und dem Wunsch, ihn mit seiner schlechten Laune möglichst schnell wieder loszuwerden und vielleicht doch noch ein wenig den Anblick des attraktiven Mannes genießen zu können. Mit einem kleinen Seitenblick suche ich ihn, aber er ist nicht mehr zu sehen. „Schade", sagt die eine Stimme. „Dumme Gans!", die andere.

Fragen

Die Sache im Café geht mir ziemlich nach. Nicht Andreas' genervte Reaktion, die bin ich gewöhnt, sondern die Wirkung, die dieser fremde Mann auf mich hatte. Gibt es auch Frauen, die auf Andreas die gleiche Wirkung haben? Oder finden andere Frauen Andreas attraktiv? Wie kommt es, dass ich so reagiert habe? War der Mann einfach toll und es geht quasi jeder Frau bei seinem Anblick so? Oder habe *ich* etwas in ihm gesehen? Dann würde das Interesse von mir ausgehen, weil ... Ja, weil was? Weil ich mir wieder Kribbeln im Bauch wünsche? Weil ich mir Liebe wünsche? Die habe ich doch, oder nicht? Wo ist das Paar, das wir mal waren? Wann ist es auf der Strecke geblieben? Und warum? Was habe ich falsch gemacht? Was haben WIR falsch gemacht? Mehr Fragen als Antworten tun sich auf.

Bevor ich mich zu sehr in Gedankenschleifen verliere, gehe ich erst mal in die Küche, um mir einen Tee zu machen. Es ist schön, wieder zuhause zu sein, auch wenn die Reste vom gestrigen Ölunfall noch zu sehen sind und leider nicht auf wundersame Weise entfernt wurden, sondern brav darauf warten, von mir höchstpersönlich entfernt zu werden. Nach einer unmotivierten Putzaktion lasse ich mich aufs Sofa plumpsen. Bei Andreas wird es wieder spät, wie immer, wenn er sich auf ein Meeting vorbereitet. Das könnte er ja auch zuhause tun, aber er arbeitet lieber in seinem Büro, sagt er. Früher hat er seine Sachen immer mit nach Hause gebracht, damit wir uns wenigstens sehen können. Manchmal haben wir uns über die Themen seines Meetings unterhalten und er hat mich nach meiner Meinung gefragt. Auch das macht er schon lange nicht mehr, er gibt mir stattdessen öfter zu verstehen, dass ich von seiner Arbeit sowieso keine Ahnung habe. Klar, wenn er mir nichts mehr davon erzählt, kann ich das ja auch nicht, grollt es in mir. Und da meine Anregungen in seinen Augen ohnehin zu sehr an den Interessen der Mitarbeiter und zu wenig am Umsatz der Firma orientiert sind, besteht für ihn wohl auch kein Grund, mich danach zu fragen. Obwohl wir dann nicht mehr während seiner Vorbereitungen darüber sprachen, brachte er die Unterlagen doch noch eine ganze Weile mit nach Hause, um daran zu arbeiten, während ich in seiner Nähe saß und las. Doch auch das ist vorbei. Und schon wieder frage ich mich, wie viel sich geändert hat und warum? Gewohnheit der Ehe? Man sagt ja, dass der Ehepartner oft an Attraktivität abnimmt, weil man ihn dank Trauschein „gesichert" hat. Attraktivität? Innerlich oder äußerlich? Also „hübsch" fand ich Andreas nie wirklich, was aber auch kein wichtiges Kriterium war. Und ich selbst bin nun auch nicht gerade eine Blüte der Schönheit. Ganz normal würde ich sagen. Insofern könnte man sagen, wir passen einfach zusammen. „Zumindest dachten wir immer, dass wir zusammenpassen", verändert sich der Satz in meinem Kopf ...

Ich gehe gedankenverloren ins Bad und betrachte mich im Spiegel. Was mir da so entgegenblickt ist jetzt in der Tat nicht der Renner. Mit Mitte Dreißig ist der erste Lack halt ab, könnte man sagen. Ich mag meine Nase und meine Haare. Ich könnte mal wieder zum Frisör und es muss ja nicht das große Make-up sein, aber so ein wenig Unterstützung meiner optischen Vorzüge wäre sicherlich kein Fehler. Und ich könnte damit vielleicht von meiner etwas aus den Fugen geratenen Figur ablenken. „Ha, ein Zeichen für eine glückliche Beziehung!", fällt mir ein, da nimmt man nämlich angeblich zu. Blöderweise scheine dann nur ich glücklich zunehmend zu sein, denn Andreas ist schlank geblieben. Dafür gehen ihm die Haare aus, was mir irgendwie das Gefühl von ausgleichender Gerechtigkeit gibt. Aber um schlank und fit zu bleiben, treibt Andreas auch Sport. Er tut also was dafür. Ganz im Gegensatz zu mir, muss ich mir eingestehen. „Ich sollte da echt mal was tun", denke ich laut und setze mich wieder zurück aufs kuschelige Sofa und schnappe mein Buch. „Morgen", beschwichtigt mich mein Schweinehund, „heute war anstrengend genug, da darf ich auch ein wenig auf dem Sofa ausruhen!" Und weil ich nun ja nicht mehr gezwungen bin, mich durchs Hochglanz-Mittelalter zu quälen, sondern mir aus dem Stapel der zu lesenden Bücher das aussuchen kann, das mich gerade besonders anlacht, stelle ich mich vor das Regal und lasse die Bücher für mich entscheiden. Ein blauer Einband mit kleinen Wolken ruft besonders laut „Lies mich" und ich nehme ihn heraus: ein Liebesroman einer Autorin, die ich noch nicht kenne. Der Klappentext klingt gut. Wieso also nicht? Gerade, wenn das Leben sich nicht so super anfühlt, kann ein netter Liebesroman emotionale Lücken füllen - zumindest für eine Weile. Dass so ein Liebesroman emotionale Lücken auch erst aufdecken kann, daran dachte ich bei der Wahl meiner Lektüre allerdings nicht.

Als Andreas endlich nach Hause kommt, bin ich bereits auf dem Weg ins Bett und schon einigermaßen im Halbschlaf. „Du bist aber echt spät!" kommentiere ich bedauernd, denn ich hatte gehofft, dass wir noch ein wenig reden können. Schließlich will ich doch wissen, wie die letzten beiden Tage bei ihm waren und ihm auch von München erzählen. „Boah, bin ich müde", bekomme ich nur zu hören und schon schnappt er sich die Fernbedienung des Fernsehers und fängt an, sich durch die Programme zu zappen. „Ich muss noch ein bisschen runterfahren, nach dem Tag. Geh' ruhig schlafen, ich komm' dann nach", setzt er noch dazu und mit diesen Worten schmeißt er mich irgendwie aus dem Wohnzimmer. Allerdings bin ich auch zu müde, um zu protestieren, und nuschele nur noch ein verschnupftes „na, dann bin ich mal weg", und verschwinde im Schlafzimmer. Die Situation fühlt sich gerade nicht richtig an. Und auch wenn ich jetzt im Bett liege und schlafen könnte, will mein Kopf partout noch nicht ruhen. Ich frage mich, was für eine Ehe wir eigentlich führen. Und ich nehme mir vor, mit Andreas darüber zu sprechen. Aber für so ein Beziehungsgespräch braucht es erst mal eine Gelegenheit. Geht ja schlecht, wenn man morgens durch die Wohnung hetzt, um sich für den Tag fertig zu machen. Geht auch nicht, wenn man sich den ganzen Tag nicht sieht und der andere müde nach Hause kommt. „Ob ich einen Termin mit ihm machen soll?", frage ich mich ein paar Tage später, in denen es einfach keine Chance auf ein solches Gespräch gegeben hatte. Das Thema gärt in mir, als hätte ich zu viel Linsensuppe im Kopf, die mir nun das Gehirn aufbläht. Und während ich weiter den Liebesroman mit dem himmlischen Einband lese, der mir – ohne kitschig zu sein – vor Augen führt, wie eine Beziehung (und Ehe) auch aussehen kann, fühle ich mich nicht gerade besser. Bücher sind nicht das wirkliche Leben, schon klar. Zumindest die meisten. „Realitätslektüre"? Wer will denn schon lesen, was er oder sie im richtigen Leben ohnehin hat? Das könnte noch dazu führen, dass ich mich mit meinem Leben auseinandersetzen muss! Nee, echt nicht, da möchte ich mich doch lieber unterhalten und von meinen Problemen ablenken lassen, statt womöglich mit der Nase darauf gestoßen zu werden!

Aber so funktioniert das im Leben nicht. Zumindest nicht in meinem. Wenn mich ein Thema beschäftigt, dann verändert sich meine Wahrnehmung und die Sinne schalten auf Empfang. Plötzlich entdecke ich überall Dinge, die mit dem Thema etwas zu tun haben. Wenn ich zum Beispiel ein neues Auto suche und einen bestimmten Typ oder eine bestimmte Marke in die engere Auswahl genommen habe, dann sehe ich plötzlich an allen Ecken und Enden genau diese Marke oder dieses Auto. Natürlich waren sie vorher auch schon da, aber erst jetzt sind sie für mich sichtbar. MEINE Wahrnehmung fokussiert sich. Und so ähnlich ist es auch mit meinen Gedanken über den Stand unserer Beziehung: Überall finde ich auf einmal in unserer Beziehung Baustellen, sehe Zeichen und Risse, die auf Probleme hinweisen. Steigere ich mich hier in etwas hinein oder ist es einfach so und es ist mir vorher nicht aufgefallen? Zum Glück kommt bald das Wochenende und damit auch endlich Gelegenheit, sich auszusprechen. Es fällt mir auch zunehmend schwer, die Gedanken für mich zu behalten, kenne aber Andreas gut genug, um auf den passenden Moment zum Reden zu warten. Andreas scheint meine Anspannung nicht zu bemerken. Naja, er ist auch mal wieder von seiner Arbeit ziemlich absorbiert. Das Meeting, auf das er sich so intensiv vorbereitet hatte, ist immerhin gut gelaufen. So gut, wie sich herausstellt, dass ihm noch zusätzliche Aufgaben übertragen werden – was er als Erfolg wertet, sich für mich aber wie ein weiterer Schritt in die falsche Richtung anfühlt, denn es bedeutet weitere Überstunden und Extraarbeit für ihn und noch weniger Zeit für uns – oder eher gesagt für mich. Seine

Hobbies dürfen unter der wachsenden Arbeitslast freilich nicht leiden! Als er mir dann am Freitag beim Frühstück noch beiläufig eröffnet, dass er bereits an diesem Wochenende Vorbereitungen für das neue Projekt treffen muss und sowohl Samstag als wahrscheinlich auch Sonntag ins Büro gehen wird, springt bei mir eine kleine Feder aus dem Getriebe und ich raste aus: „Du hast überhaupt keine Zeit mehr für mich. Immer die Arbeit, jetzt sogar am Wochenende! Ich habe dich die ganze Woche kaum gesehen und jetzt das!"

Andreas geht, wie es so seine Art ist, direkt in die Offensive: „Claudi", sagt er und er verwendet diese Form nur, wenn er sich über mich ärgert und mir eins auswischen will, denn ich HASSE diese Kurzform meines Namens. „Claudi", sagt er also und kontert: „MEIN Job ernährt uns, sichert uns unseren Lebensstil. Ich mache eine wichtige Arbeit und die Geschäftsleitung verlässt sich auf mich. Du weißt ja nicht, wie das ist!"

Spätestens jetzt bin ich auf 180. „DEIN Job ist auch nicht wichtiger als MEIN Job. Ich verdiene auch Geld!" Und natürlich verzieht er arrogant die Mundwinkel, als ich das sage, denn in seinen Augen verdiene ich nur ein bisschen was dazu. Quasi ein Taschengeld im gemeinsamen Einkommen. Damit reißt er die alte Wunde in mir auf: Nicht, dass ich weniger verdiene, so ist die Ungerechtigkeit der Welt und ich arbeite ja auch nur Teilzeit, aber dass er mich und meine Arbeit wieder degradiert. Meine männlichen Kollegen (okay, davon gibt es nicht so viele) verdienen auch die Familieneinkünfte mit meinem Job und leben davon! Und so kommt von mir genau der Satz, der bei mir an dieser Stelle unserer Streitigkeiten unweigerlich kommt: „Und ich würde liebend gern auf dein Geld verzichten, wenn ich dafür mehr von DIR hätte!"

Andreas reagiert dann auch genau wie bei einem einstudierten Theaterstück auf mein Stichwort: „Ja, klar! Du würdest nur von Luft und Liebe leben. In was für einer Welt lebst du eigentlich? Die Insel der glückseligen Bücher. Hör' auf zu träumen und werd' endlich erwachsen!"

„Ja klar, weil du den totalen Durchblick hast in der Welt und dich immer so erwachsen verhältst", schnauze ich beleidigt zurück. „Vielleicht hast DU ja keine Ahnung und Träume sind genau das, was wir brauchen. Was diese Welt braucht, um ein besserer Ort zu sein!" Alles klar, mit diesem Satz habe ich mich für Andreas dann wieder ins Aus gespielt. Ich bin zwar von der Wahrheit meiner Aussage überzeugt, aber Andreas kann ich damit nicht beeindrucken. Ganz im Gegenteil, eine solche Aussage überzeugt ihn jedes Mal neu davon, dass ich völlig weltfremd bin und ohne ihn in unserer Gesellschaft überhaupt nicht überlebensfähig. Innerlich koche ich. Ich bin unfassbar wütend. Auf ihn, weil er so ein Idiot ist, der nicht versteht, dass ich doch einfach nur mit ihm zusammen sein möchte, Zeit mit ihm verbringen möchte, weil er mir wichtig ist und weil mir unsere Beziehung wichtig ist. Wütend auf uns beide, weil wir wieder einmal diesen Streit nach festem Ritus durchgespielt haben ohne woanders gelandet zu sein, als beim letzten Mal. Und als die Wut schon wieder anfängt zu verrauchen, ärgere ich mich darüber, dass sich an der Sache mit dem Wochenende nun auch nichts ändert, weil wir darüber ja überhaupt nicht mehr gesprochen haben, sondern uns erfolgreich einen Nebenkriegsschauplatz gesucht haben. Bevor ich mich soweit beruhigt habe, um noch etwas zum eigentlichen Thema zu sagen, höre ich von Andreas noch ein wütendes, „Ich habe echt keine Zeit für so einen Scheiß", und die Tür knallt.

Na super, das war ja ein voller Erfolg auf der ganzen Linie! Bedröppelt setze ich mich aufs Sofa und frage mich, was ich jetzt tun soll. Welche Möglichkeiten habe ich? Was ist mir wirklich wichtig? Diesen Streitpunkt kriegen wir nicht gelöst und das konkrete Problem ist ja, dass er arbeiten muss und wir wieder keine Zeit zum Reden und miteinander haben. Seine Arbeit wird er am Wochenende machen (müssen). Wie können wir also Zeit finden, damit wir in Ruhe reden können? Sollte ich einen Termin mit ihm machen? Ihn abends mit „Schatz, wir müssen reden?" begrüßen? Versuchen, einen romantischen Abend zu arrangieren oder etwas planen, was ihm auf jeden Fall Spaß macht, um wieder etwas frischen Wind in unsere Beziehung zu bringen? Auf jeden Fall möchte ich den Streit nicht so stehen lassen. Andreas kann das. Er kann nach einem Streit einfach gehen und wenn er wieder nach Hause kommt, so tun, als wäre nichts gewesen. Ich kann das nicht. Und ich möchte das auch nicht. Ich möchte Dinge klären und aus dem Weg räumen, nicht totschweigen. Die Frage der unterschiedlichen Wertigkeit unserer Arbeit kriegen wir nicht geklärt, das habe ich schon oft versucht, aber zumindest die Stimmung ausräumen und klar zu machen, worum es mir eigentlich geht, das sollte ich hinkriegen! Jetzt aber mal los zur Arbeit. Verdammt, durch den Streit ist mein Zeitplan aus den Fugen. Zum Glück schließt heute meine Kollegin den Laden auf und so ist es nicht so schlimm, wenn ich ein paar Minuten später komme. Ich schicke ihr eine kurze Nachricht, damit sie weiß, dass ich es nicht ganz pünktlich schaffe und alles ist gut. So ist das, wenn im Job auch Menschlichkeit herrscht. Und ich bin sehr froh, dass das bei mir so ist und könnte auch keine Arbeit machen, in der es nur Leistungsdruck und Konkurrenzkampf gibt. Was für ein schrecklicher Gedanke. Aber so ist Andreas' Welt. Es stimmt schon: Er und ich leben in unterschiedlichen Welten, aber nur weil er mehr verdient, macht es seine Welt nicht besser und nicht „realer" als meine!

Auf dem Weg zur Arbeit versuche ich, ihn telefonisch zu erreichen, aber es ist besetzt. Ich schreibe ihm eine kurze Nachricht, dass mir unser Streit Leid tut und ich mich einfach auf die gemeinsame Zeit am Wochenende so gefreut habe, dass ich vor Enttäuschung so ausgerastet bin. „Bitte lass' uns Zeit füreinander finden!" beende ich die Nachricht. Lese sie noch mal durch und schicke ab. Danach fühle ich mich besser.

Du und ich

Als ich bei der Arbeit ankomme, sehe ich die Antwort von Andreas auf meine SMS: „Ok. Was schlägst du vor?" Ich überlege kurz und mir fällt ein, dass ein Essen doch eine gute Gelegenheit wäre. Wir waren lange nicht mehr zusammen weg. Also tippe ich: „Sonntagabend Essen gehen? Bei unserem Inder." Ich erhalte direkt eine Antwort: „Ok." Ich freue mich. Endlich werden wir Zeit füreinander haben, Zeit zum Reden, Zeit zum Lachen und das indische Restaurant ist perfekt dafür. Da waren wir früher öfter und hatten viele wundervolle Abende dort. Keine Ahnung, wieso wir das so lange nicht gemacht haben. Und sofort sprudeln meine Gedanken über, wie ich mich für den Abend schön machen kann. Ein kleiner Wermutstropfen von Andreas Nachricht ist für mich, dass er sich nicht auch entschuldigt, sondern nur gnädig meine Entschuldigung annimmt. Aber so ist er nun mal und immerhin werden wir Sonntag Essen gehen. Ich tippe schnell zurück: "Ich reserviere uns einen Tisch für 19 Uhr, ja?"

Den ganzen Tag über bin ich vergnügt und fast schon aufgedreht durch diese Wendung und der Streit vom Morgen ist schnell vergessen in Anbetracht der Aussicht, gemeinsam am Sonntagabend auszugehen. Überlegungen was ich anziehen soll und was ich mit meinen Haaren mache, lassen mich an unsere ersten Verabredungen denken, und ein Stück der freudigen Aufregung dieser Zeit unserer Beziehung erwacht wieder in mir. Ich werde immer aufgeregter. Es ist wie ein Date und entsprechend bereite ich mich vor. Da ich den Samstag für mich habe, während Andreas im Büro arbeitet, habe ich ja auch Zeit dafür. Es tut mir leid für Andreas, dass er so ein stressiges Wochenende hat und nicht die Seele baumeln lassen kann, wie ich. Aus der Stimmung heraus hole ich mir das alte Fotoalbum und betrachte die Bilder aus der Zeit, als wir uns kennenlernten. Gott, wie jung wir auf den Bildern aussehen. So wilde Haare hatte Andreas damals? Er stand kurz vor dem Abschluss seines BWL-Studiums und war verwegen und zielstrebig zugleich. Mir gefiel direkt sein Lächeln, auch wenn ich ihn beim ersten Kennenlernen auf einer Studentenparty, die ich mit meiner Cousine Heike besuchte, ziemlich oberflächlich und arrogant fand. Schon damals belächelte er meine Ausbildung zur Buchhändlerin, aber gleichzeitig gefiel ihm meine Begeisterung für meinen Beruf, gefiel ich ihm! Er war mein erster richtiger Freund, meine erste Liebe. Was für herrliche Zeiten! Unsere zweite Begegnung fand im Kino statt, wo ich wieder mal mit Heike und anderen Studenten, die sie von der Uni kannte, unterwegs war. Andreas gab sich alle Mühe, im Kino neben mir zu sitzen und er rückte möglichst dicht zu mir heran, bis sich in einem elektrisierenden Gefühl unsere Arme berührten, so dass ich mich kaum noch zu bewegen traute, um diesen wundervollen Moment nicht zu zerstören. Unerfahren wie ich war, hielt ich es nämlich für Zufall und nur der Enge im Kino geschuldet, dass wir uns berührten ... Wir haben später immer wieder darüber gelacht, wenn wir diese Anekdote erzählten, denn wir beide saßen absolut unbequem während des restlichen Films, nur um den Berührungskontakt zu halten. Keiner von uns beiden wollte sich bewegen, gleichzeitig waren wir beide zu unsicher, um den nächsten Schritt zu machen. Ich grinse bei dieser Erinnerung. Wenn ich mir da heute die jungen Leute so ansehe, da scheinen sie weniger Berührungsängste zu haben als wir damals. Vielleicht waren wir aber einfach beide besonders schüchtern oder unerfahren. Immerhin hat es mit uns ja dann doch geklappt.

Bei der Durchsicht meines Kleiderschrankes fällt mir auf, dass es um meine Ausstattung mit Sachen für besondere Gelegenheiten wie ein

Date-ähnliches Abendessen nicht gerade gut bestellt ist. Anders als viele Frauen gehe ich nur sehr ungern shoppen und meine Sachen müssen praktisch und passend sein, aber eher selten schick. Die Zeiten, in denen ich mit Andreas zu Firmenveranstaltungen mitging (man könnte auch sagen mitgenommen wurde), sind auch vorbei, so dass sich mir nun die Frage stellt, ob ich tatsächlich in die Stadt fahre und mir für den Anlass unseres gemeinsamen Essens extra etwas kaufe oder aus dem Vorhandenen ein paar einigermaßen geeignete Teile raussuche.

In der Euphorie der Verabredung mit meinem Mann beschließe ich, tatsächlich in der Stadt etwas Neues zu holen – ein Entschluss, den ich bereits im Gedränge der Fußgängerzone bereue. Ich war lange nicht samstags in der Stadt und es ist die Hölle los. Offensichtlich teilt die halbe Stadt mein Kleiderproblem und mühsam kämpfe ich mich zu den Läden durch, in denen die Chancen auf etwas (zu) mir passendes am größten ist. Meine Begeisterung für die derzeitige Mode hält sich in Grenzen. Bleiben also kleidertechnische Klassiker: Kostüm – wogegen spricht, dass ich nicht aussehen möchte, wie die Queen. Anzug – zu förmlich und maskulin für den Anlass. Was bleibt? In den

Abteilungen trennt sich die Mode nach „richtig jung", „altbacken" und „alt". Dazwischen scheint es nichts zu geben. Aber in keiner dieser Kategorien finde ich mich wieder. Es hat schon seinen Grund, wieso ich so ungern Kleidung kaufe. Ich bin kein Teenie mehr, aber alt bin ich nun auch noch nicht. Wo ist der Stil, der zu mir passt? Welcher normale Modedesigner denkt an mich – also meine Altersgruppe meine ich damit natürlich – dass an mich persönlich kein Modedesigner denkt, kann ich kaum verübeln.

Ich besuche mehrere Geschäfte und schaffe es immerhin ein in meinen Augen passendes, hübsches und elegantes Oberteil zu finden. Da wird dann eine meiner klassischen Jeans dazu herhalten und mit ein wenig Makeup werde ich es schon schaffen, ausgehfein aber nicht überkandidelt auszusehen. Verkleidet möchte ich mich ja schließlich auch nicht fühlen. *In der Liebe wie im Leben, heißt es authentisch bleiben.* Wo hatte ich den Spruch nochmal gelesen? Egal. Erschöpft und einigermaßen zufrieden trudele ich nach mehreren Stunden mit meiner Beute wieder zuhause ein. Schnell verstecke ich meine Neuerwerbung im Schrank, damit ich Andreas morgen damit überraschen kann. Ich bin aufgeregt wie ein kleines Kind. Verrückt!

Als Andreas am Sonntag zur Arbeit fährt liege ich noch verschlafen im Bett. Als ich ihn am Vorabend an unser Essen erinnert habe, hat er nur zerstreut genickt und gesagt, dass er wohl direkt von der Arbeit dorthin fährt. Er hat also wieder mal einen langen Arbeitstag vor sich. Sieben Tage die Woche, wohin soll das führen? Kein Mensch kann sich ununterbrochen der Arbeit widmen, Regeneration ist wichtig und ich mache mir Sorgen um ihn. Wenn er weiter so beansprucht wird, dann ist es doch nur eine Frage der Zeit, bis er zusammenklappt. Gestresst ist er eh schon die meiste Zeit ... Aber auch darüber werden wir heute Abend sprechen. Endlich! Hoffentlich ... So ein Funke Angst keimt auf, dass Andreas schlichtweg zu müde sein wird, um mit mir richtig zu reden, aber er wird verstehen, wie wichtig das alles für uns ist.

Beschwingt mache ich mich mal an den Hausputz, zu dem ich gestern dank des Shopping-Ausflugs nicht gekommen bin. Es spielt ja auch keine große Rolle, ob der Staubsauger erst heute gefüllt wird. In einer Stunde beginnt sich sowieso eine neue Staubschicht zu bilden. Mein Ehrgeiz im Haushalt hält sich wirklich in Grenzen, darauf bin ich zwar nicht stolz, aber es macht mir auch nichts aus. Andreas hätte es gerne ordentlicher zuhause, also tue ich ihm – zumindest heute – den Gefallen und lege eine Extraportion Putz-Ehrgeiz in meine Bemühungen.

Noch mehr Ehrgeiz verwende ich heute allerdings auf mein Äußeres. Die Haare werden geföhnt und nicht nur luftgetrocknet, das neue Oberteil macht sich ganz gut an mir und mit etwas malerischer Betonung meiner Lippen und meiner Augen komme ich mir hübsch, fast schon verführerisch vor. Es passt so und ich bin zufrieden und auf Andreas Reaktion gespannt. Ich zupfe noch ein paarmal an mir herum, betrachte mich aufgeregt öfter im Spiegel, als es eigentlich nötig ist, lächle mir nochmal zu und verlasse die Wohnung Richtung Restaurant. Ich nehme die Bahn, denn Andreas kommt ja mit dem Auto hin und wir können dann gemeinsam zurückfahren. Ganz schön voll ist die Bahn so am Sonntagabend. Es ist aber auch gutes Wetter und andere Menschen sind offensichtlich auch guter Dinge, strahlen Freizeitstimmung und Partylaune aus. Ich strahle zurück. So gut habe ich mich lange nicht gefühlt, fällt mir auf.

Im indischen Restaurant angekommen ist es recht voll. Gut, dass ich reserviert hatte. Der

Ober führt mich zu einem Tisch am Fenster, genau dort, wo ich am liebsten sitze, denn man hat einfach einen super Blick, kann die vorbeigehenden Menschen beobachten und sitzt ungestörter als an den anderen Tischen des Restaurants. Ich bin zu früh, bestelle mir schon mal ein Getränk und studiere die Karte. Es sieht alles anders aus als früher. Der ersten Seite der Speisekarte entnehme ich, dass das Restaurant seit zwei Jahren einen neuen Besitzer hat. Kaum zu glauben, so lange waren wir also nicht hier. Schauen wir mal, was der neue Betreiber so drauf hat ...

Nach kurzer Zeit habe ich bereits drei Gerichte in der engeren Auswahl. Ich schaue aufs Handy. Wow, schon viertel nach Sieben und keine Nachricht von Andreas. Wo bleibt er? Er macht sicher noch was fertig und kommt dann gleich. Ich schicke ihm vorsichtshalber eine Nachricht. Gar nicht so leicht etwas zu formulieren, das er nicht als Vorwurf empfinden könnte. Es ist mir wichtig, die Stimmung heute nicht zu verderben. „Wir haben einen Tisch am Fenster, wie früher! Freue mich auf dich!", tippe ich.

Ich schicke die Nachricht ab und den Kellner nochmal weg. Mein Getränk ist schon fast leer, aber er muss ja jeden Augenblick kommen. Andreas legt großen Wert auf Pünktlichkeit. Ich warte ...

Weitere 10 Minuten sind vergangen und immer noch keine Spur von ihm und auch keine Nachricht. Mensch, hoffentlich ist nichts passiert? Ich entschließe mich, ihn anzurufen, obwohl ich das nicht leiden kann. Anrufe in der Öffentlichkeit sind für mich auch eine Art Umweltverschmutzung, ich gehe zum Telefonieren kurz vor die Tür. Hat auch den Vorteil, dass ich auflegen kann, wenn ich ihn kommen sehe. Ich sehe ihn aber nicht und es klingelt gefühlt eine Ewigkeit, bis Andreas ran geht. „Oh verdammt", höre ich ihn am Ende der Leitung. „Sorry, ich bin immer noch im Büro, ich bin noch auf ein Problem gestoßen, für das ich heute noch eine Lösung finden muss. Morgen ist die Projektvorstellung. Das verstehst du doch? Machen die noch Take away? Dann bring' mir doch Hühnchen süß-sauer mit, ja? Das esse ich dann später zuhause. Ich muss das jetzt unbedingt noch fertig machen! Bis später, Schatz!" – Klick. Aufgelegt. Mir fehlen die Worte, aber Gefühle habe ich ein ganzes Rudel. Mein Leitwolf ist Enttäuschung, der zieht am gleichen Strang mit Wut, Trauer und es hinkt in leichtem Abstand Verständnis hinterher.

Andreas hat mich also tatsächlich versetzt. Nichts mit Essen, nichts mit Reden, nichts mit dem Make-up und dem Oberteil. Ich fühle mich versetzt und verletzt. Nun, ich WURDE versetzt und darf mich verletzt fühlen. Traurig schleiche ich mich nach drinnen. Der Kellner ist schon wieder auf dem Weg zu meinem Tisch ….

Was mache ich jetzt? Alleine im Restaurant essen ist ungefähr so unterhaltend wie gegen sich selbst Schach spielen. Ich könnte heulen, so groß ist die Enttäuschung und der Kellner bemerkt wohl, dass es um meine Contenance gerade nicht zum Besten bestellt ist und dreht ab. Gibt mir Zeit, mich zu sammeln.

Was eben noch eine schöne Atmosphäre war, erscheint nun unerträglich. Pärchen an den Nachbartischen, die sich verliebt in die Augen sehen. Okay, es gibt auch Besucher hier, die sich anschweigen oder bei denen Jeder auf sein Handy guckt, aber es sitzt außer mir keiner alleine da … Ich beschließe zu gehen. Der Hunger ist mir vergangen und Andreas bringe ich nichts mit. „Der kann mich mal!" denke ich im Zorn. Ich sammle meinen Kram zusammen und stehe auf, um an der Theke zu zahlen. „Wird der Tisch frei?" höre ich eine tiefe, angenehme Stimme und blicke auf. Ich blicke in zwei braune sanfte Augen. Für einen Moment erstarre ich, denn es ist der Mann aus dem Café! Er ist in Begleitung eines anderen Herrn. „Sie haben Glück, der Tisch wird frei. Ich wurde versetzt", rutscht es mir verärgert heraus und ich spüre, wie mir die Röte ins Gesicht schießt. Na super, ich Pute! Wieso kann ich mein Mundwerk nicht besser unter Kontrolle halten? Das geht ihn doch gar nichts an. Wie peinlich! Bevor die Sache noch peinlicher wird, nuschele ich ein verlegenes „schönen Abend noch!" und stürze zur Theke zum Bezahlen. Der Kellner kassiert mit stoischem Gesicht mein Getränk, wofür ich ihm dankbar ein gutes Trinkgeld zukommen lasse.

Vor der Tür atme ich erst mal durch und kann nicht anders, als nochmal im Vorbeigehen einen Blick durch das Fenster auf die beiden Männer zu richten. Für einen Augenblick treffen sich seine braunen Augen mit meinen. Mir wird sehr warm ums Herz und die Röte in meinem Gesicht braucht noch eine ganze Weile, um wieder zu verschwinden.

Wie kann es sein, dass ich ausgerechnet diesen Mann hier wiedersehe? Und warum reagiere ich so auf ihn? Ich erkenne mich selbst nicht wieder. Die Bahn lässt auf sich warten und so habe ich Zeit, mich etwas zu sortieren und meine Gedanken von dem attraktiven Fremden zurück zu dem missglückten Abend mit Andreas zu lenken. Ich beschließe, dass wir morgen Abend reden werden, dass ICH morgen Abend rede, ob Andreas will oder nicht. Dann hat er seine Präsentation hinter sich und egal wie müde er ist, da muss er dann durch! So geht das einfach nicht weiter!

Zuhause kann ich zwar lange nicht einschlafen, aber als Andreas endlich nach Hause kommt, stelle ich mich schlafend. Ich höre ihn durch die Wohnung gehen und in der Küche murmeln. Offensichtlich sucht er nach dem indischen Essen. „Tja, ich habe auch keins bekommen", grolle ich unhörbar.

Am nächsten Morgen gibt es von Andreas keinen Kommentar zum gestrigen Abend. Das kenne ich ja schon. Da ich Streit am Morgen nicht gut vertragen kann, spreche ich einfach gar nicht und so nervös wie er vor seiner Präsentation ist, bemerkt Andreas das nicht einmal. „Wünsch' mir Glück!", sagt er beim Gehen, aber wartet nicht auf meine Antwort, sondern stapft davon. Davon abgesehen, dass ich in meiner derzeitigen Stimmung noch im Clinch mit mir liege, wie ich ihm überhaupt antworten sollte, komme ich mir ziemlich ignoriert und unwichtig vor. Es spielt gar keine Rolle, was ich tue oder sage. Wie die Blume am Fenster bin ich Dekoraktion in dieser Wohnung – und Putzfrau natürlich. Und Köchin. Ich mache hier eigentlich alles und er geht zur Arbeit und wohnt hier nur. Mein Frust ist gerade auf ziemlich hohem Niveau, als ich im Kalender in der Küche den neuen Monatsspruch aufdecke: „Frauen arbeiten für die Beziehung – Männer für sich." Heute kann ich zum ersten Mal mit diesem Emanzenkalender, den mir Ulla geschenkt hat und der nur aus Freundschaft zu ihr hier überhaupt hängt, tatsächlich etwas anfangen ...

Und als wäre es irgendwie nötig, dieses Thema zu vertiefen, tönt mir aus dem Radio Udo Lindenberg entgegen, der rauchig erklingen lässt, dass er „sein Ding macht, egal was die Ander'n sagen ..." Andreas, Udo, macht doch! Ich mach' heute auch mal mein Ding!

Und du, Andreas, kannst dich schon mal warm anziehen, denn du kriegst heute Abend den gesammelten Frust der letzten Wochen ab! Wer bin ich denn, dass ich mir das alles gefallen lasse? Und obwohl ich der Typ Mensch bin, der Konflikten gerne aus dem Weg geht, der es gerne harmonisch um sich hat und lieber kompromissbereit einlenkt, statt sich zu zanken, freue ich mich heute auf die Auseinandersetzung. Es kommt mir wie ein Befreiungsschlag vor. Ich bin wie ein Vulkan kurz vor dem Ausbruch, bereit alles, aber auch wirklich alles, was sich in mir angestaut hat, endlich rauszulassen! Schon klar, dass der Vergleich hinkt, denn ein Vulkan hat kein Gehirn, aber ich werde heute einfach auf Herz und Bauch hören und mein Gehirn mal abschalten, sonst werde ich diese Wut im Bauch niemals los.

Der Tag vergeht erstaunlich schnell, was vielleicht auch daran liegt, dass ich die blödesten Arbeiten übernehme, bei denen man das Gehirn am besten abschalten kann. „Echt, du willst das Lager freiwillig aufräumen?", staunt meine Kollegin und ich nicke eifrig: „Ich putze dann auch gleich noch die Ecken, da kommt man sonst ja wieder nicht dran. Bin heute in der richtigen Stimmung dafür." Gesagt, getan. Bewaffnet mit Eimer und Putzlappen verziehe ich mich ins Lager, wo es genug zu tun gibt, so dass ich problemlos den ganzen Tag dort vor mich hinarbeite, um mich anschließend mit dem guten Gefühl, bereits etwas geschafft zu haben, auf den Heimweg begebe. Auf in den Kampf, sozusagen.

Hatte ich gestern auf ein ruhiges Gespräch in gemütlicher Atmosphäre gesetzt, so wird es heute zuhause garantiert ungemütlich. Das Gefühl des gestrigen Abends, die Enttäuschung, Zurückweisung, Einsamkeit, die ich empfunden habe, ist noch frisch und erfüllt mich mit der nötigen Wut und Entschlossenheit. Als Andreas zur üblichen Zeit noch nicht aufgetaucht ist, schreibe ich ihm eine Nachricht. „Wo bleibst du?" Das Gefühl der Verletzung verstärkt sich, als keine Antwort kommt. Vielleicht ist er ja auf dem Weg und es ist Stau, suche ich nach Erklärungen.

Als ich eine halbe Stunde später noch immer kein Lebenszeichen von ihm habe, mache ich mir dann Sorgen. Ich entschließe mich anzurufen. Es scheint ewig zu klingeln, bis er sich meldet. „Hallo Süße", meldet er sich aufgekratzt. Die Präsentation scheint gut gelaufen zu sein. „Wo bist du? Ich warte auf dich?" schnauze ich durchs Telefon. „Ach, Claudia, sorry, bin mit den Kollegen noch in der Kneipe. Die Präsentation lief super und wir feiern ein bisschen" ertönt es leichthin am anderen Ende. Wäre ich nicht schon vorher wütend gewesen, denn hätte ich diesen Zustand spätestens nach diesem Satz erreicht. Ich atme tief durch, um nicht komplett ausfallend zu werden. „Sag mal was denkst du dir eigentlich? Du hast mich gestern versetzt und jetzt ist die Arbeit schon wieder wichtiger als ich. Ich mache das nicht länger mit! Komm' jetzt nach Hause und wir reden endlich miteinander, denn das versuche ich schon seit Wochen!" Bevor er etwas sagen kann, lege ich auf. Mein Puls rast und ich atme schwer. So habe ich noch nie mit ihm geredet und ich komme mir gemein vor. Was läuft nur falsch bei mir, dass ich mich jetzt schlecht fühle, obwohl er sich doch verhält wie der letzte Neandertaler?

Ich setzte mich aufs Sofa und schnappe mir ein Kissen, das ich in meinen Armen fast zerdrücke. Was ja bei einem Kissen zum Glück keine bleibenden Schäden hinterlässt. In spätestens einer halben Stunde sollte er da sein, wenn er sich direkt auf den Weg gemacht hat. Was mache ich, wenn nicht? Wie soll ich mit dieser ganzen Sache überhaupt umgehen?

Eine dreiviertel Stunde später höre ich Andreas Schlüssel im Schloss. Er kommt ins Wohnzimmer und schaut mich verwirrt an. „Claudi, was ist denn los?" eröffnet er das Gespräch und setzt sich zu mir. Der Damm bricht, aber obwohl der Damm den ganzen Tag Wut zurückhielt, ist nicht sie es, die nun hervorbricht, sondern eine Sintflut von Tränen. Sie ergießt sich über Andreas Hemd, während ich mich wie eine Ertrinkende an ihn klammere und er mich besorgt ansieht und leicht den Rücken tätschelt und dabei mantra-artig wiederholt „Was ist denn passiert? Claudia, nun sag doch?"

Als ich nach einer gefühlten Ewigkeit die Nase schnäuze und versuche zu reden, hört Andreas aufmerksam zu. In Anbetracht der Tatsache, dass mein Redefluss von Schluchzern begleitet ist, da ich mich noch nicht so ganz im Griff habe, braucht es auch die volle Konzentration, um auszumachen, worum es geht. Und es dauert. Verständnislos schaut Andreas mich an, es fällt ihm offensichtlich schwer zu glauben, dass ich nur wegen uns – oder eher seinetwegen – in einen solchen Zustand geraten bin. Ich lade meinen gesammelten Frust ab und es tut unendlich gut, meine Sorgen und Ängste zu teilen und los zu lassen.

„Verstehst du jetzt?" beende ich meinen langen Monolog und schaue Andreas erwartungsvoll an. Der schaut mich besorgt und gleichzeitig verständnislos an. „Ich dachte schon, es wäre

Jemand gestorben, als du so geweint hast!" ist das erste, was er hervorbringt. Er setzt lächelnd hinzu „im ersten Moment habe ich echt Angst gekriegt!" – „Ja, aber hast du verstanden, was ich gesagt habe? Ich mache mir Sorgen um dich. Sorgen um uns?" falle ich ihm ungeduldig ins Wort. „Ich finde, du übertreibst. Es geht uns doch gut! Ich verdiene gut, es geht mir gut, ich betrüge dich nicht, worüber regst du dich so auf?" und als ob es noch nötig wäre setzt er den Satz hinzu, für den jede Frau in einem Mordfall Freispruch erhalten sollte: „Hast du etwa schon wieder deine Tage?" – Und damit ist sie wieder ganz da, die Wut. „Sag mal, hörst du mir überhaupt zu? Es geht um unsere Beziehung, unserer Ehe! Du hast keine Zeit mehr für mich und wir leben nebeneinander her. Es geht für dich doch nur noch um deinen Job! Was bin ich denn für dich? Putzfrau, Köchin, Geliebte? Wobei, wenn ich so darüber nachdenke, dann fällt unser letzter Sex auch schon unter die Verjährungsfrist! Also sag: Was bin ich für dich? Liebst du mich überhaupt noch?" Wütend und schnaubend schaue ich ihn an und in meinem Kopf fragt eine leise Stimme: „Und liebe ich dich überhaupt noch?" Ein Streit ist für so eine Frage ein denkbar ungeeigneter Zeitpunkt. Aber Andreas beantwortet die Frage ohne zu zögern: „Natürlich, Claudia! Ich verstehe überhaupt nicht, was du von mir willst. Was erwartest du eigentlich? Ich reiße mir den Arsch auf, um uns ein schönes Leben zu ermöglichen und du machst mir Vorwürfe!?" Genervt springt er auf und tigert durchs Zimmer. „Um UNS ein schönes Leben zu ermöglichen? Es geht dir doch gar nicht um uns. MIR geht es um UNS und dass wir überhaupt ein gemeinsames Leben haben. Wir sind zu einer WG geworden, bei der ich spülen, waschen und Klo putzen darf, während du dich ganz deinem Job widmest!" – „Nun mach' mal halblang, Claudi", unterbricht Andreas mich, „ich habe eine Führungsposition, das ist ja wohl was anderes, als so ein paar Bücher auf Regalen hin und her zu schieben!" – Da sind wir wieder. Der Nebenkriegsschauplatz ist eröffnet und mir reicht es. „Andreas, du kapierst es einfach nicht, oder? Dir geht es nur um deinen Job, nur um dich. Du hast keine Ahnung was ich mache, was ich leiste und du hast auch keine Ahnung, was ich eigentlich will", beende ich frustriert.

„Nee, dich kann man auch nicht verstehen. Du hast doch alles, um glücklich zu sein. Du kannst dir Schmuck und Klamotten kaufen so viel du willst, Urlaub machen ..." Die weiteren Punkte aus der Aufzählung rauschen an mir vorbei, denn meine Gedanken bleiben am Satz

„Du kannst dir Schmuck und Klamotten kaufen so viel du willst" hängen. Vom wem redet Andreas hier? Klar können wir uns Vieles leisten, aber er muss doch wissen, dass mich das überhaupt nicht interessiert. Kennt er mich so wenig? Kapiert er wirklich nicht, dass es mir um die Beziehung geht? Mit einem Mal fühle ich mich unbeschreiblich müde. Andreas listet noch immer auf, was er mir alles bietet und wieso ich dankbar und zufrieden sein sollte. „Mein Gott, Andreas. Es geht nicht ums Finanzielle, es geht um unsere Beziehung! Es geht darum, was wir miteinander tun! Früher haben wir miteinander gelacht, uns erzählt, was wir am Tag erlebt haben. Haben wir Bücher zusammen gelesen und darüber geredet. Du hast mir von deiner Arbeit berichtet und ich dir von meiner. Das tun wir nicht mehr. Drei Worte beim Frühstück, ein hingehauchter Kuss zum Abschied und das war's. Abends sitzen wir schweigend auf dem Sofa nebeneinander und berühren uns nicht mal. Wir kuscheln nicht mehr und wir küssen uns auch nicht mehr – zumindest nicht so, dass es den Namen verdient."

Andreas sieht mich entgeistert an. „Das ist doch normal, dass man nach 10 Jahren nicht mehr so verliebt ist wie am Anfang. So ist das Leben einfach. Aber das bedeutet doch nichts! Wir sind doch trotzdem ein Paar und es geht uns doch gut!" – Noch gebe ich nicht auf: „Es geht mir eben nicht gut damit, wie es ist. Klar verändert sich eine Beziehung, aber es sollte doch eine Beziehung bleiben und die kommt bei uns gerade zu kurz!" – „Claudi, jetzt lass‘ mal gut sein. Vielleicht solltest du aufhören Liebesromane zu lesen. Das ist nicht das echte Leben! Statt meine erfolgreiche Präsentation mit mir zu feiern, machst du mir Vorwürfe, dass ich mich nicht um dich kümmere. Ich mache das doch für dich!" Wieso beschleicht mich das Gefühl, dass wir hier einen Zirkeltanz vollführen, der uns in keiner Weise von der Stelle bringt? „Also du hattest einen schlechten Tag und ich muss das jetzt ausbaden, das ist wirklich unfair von dir!" schießt er plötzlich aus einer ganz anderen Richtung auf mich ein und an dieser Stelle gebe ich auf. Nicht, weil Andreas so überzeugende Argumente vorgebracht hätte, ganz im Gegenteil, ich fand nicht, dass er überhaupt Argumente hervorgebracht hat, sondern einfach, weil ich das Gefühl habe, ihn nicht erreichen zu können mit dem, worum es mir geht. Da ich ihm aber nicht das letzte Wort lassen möchte, bekommt er von mir ein „Was soll das denn jetzt? Weißt du überhaupt, was BEZIEHUNG bedeutet? Wohl nicht, deinen

Worten nach zu urteilen. Ich werde jetzt nicht anfangen aufzulisten, was ich von dir unfair finde, sondern gehe jetzt schlafen, denn auch ich arbeite ja, auch wenn es für dich nicht als Arbeit zählt. Und du hast doch bereits mit deinen Kollegen gefeiert, und sogar schon bevor ich überhaupt wusste, dass es gut gelaufen ist! Also hör' auf, mir ein schlechtes Gewissen einzureden!" Und bevor Andreas etwas antworten kann, verschwinde ich im Bad.

Wow, wo kam das denn her? Ich bin von meinen Worten und meiner eigenen Reaktion überrascht – und stolz auf mich, dass ich meinen Standpunkt vertreten habe, dass ich den Konflikt ausgetragen und nicht vermieden habe. Allerdings bin ich auch ganz schön niedergeschlagen. Wie kann es sein, dass Andreas mich nicht versteht? Sind meine Bedürfnisse nach Nähe und Beziehung so ungewöhnlich? Wenn er diese Bedürfnisse nicht teilt, was bedeutet das für unsere Beziehung? Und wenn er meine Bedürfnisse nicht erkennt und nicht verstehen kann, was bedeutet das für mich? Was sind denn seine Bedürfnisse? Ist für ihn wirklich alles in Ordnung wie es ist? Die Fragen in meinem Kopf und der noch schwelende Konflikt lassen mich keine Ruhe finden. Das war zu erwarten. Als Andreas ins

Bett kommt, ist es lange nach Mitternacht, aber ich liege immer noch wach. Wieder stelle ich mich schlafend, da ich jetzt keine Fortsetzung der Diskussion will.

Am nächsten Morgen ist die Stimmung angespannt. Andreas macht keine Anstalten, mit mir nochmal ins Gespräch zu kommen. Er tut so, als wäre nichts gewesen, aber ich kann das nicht. Und ich will es auch nicht. Für mich hängt der Konflikt in der Luft. Ist nicht gelöst und nicht mal zu Ende diskutiert. „Ich bin heute Abend beim Sport", höre ich von Andreas im Weggehen. Auf den gehauchten Kuss hat er heute allerdings verzichtet. Im Gegensatz zu gestern habe ich heute keine Wut im Bauch und keine Motivation für die Arbeit. Meine Gedanken schlagen Purzelbäume und ich fühle mich gerädert. Am liebsten würde ich mich krank melden, aber ich bin ja nicht krank und die Arbeit hält mich auch vom Grübeln ab.

Meine Kollegin begrüßt mich mit den Worten „Na, du siehst ja mies aus! Schlecht geschlafen oder gestern zuviel Staub im Lager aufgewirbelt?" – Ich presse ein „zuviel Staub in meiner Ehe aufgewirbelt trifft es eher" heraus und meine Kollegin schweigt betroffen. Wir verstehen uns wirklich gut und sie kennt mich lange genug, um zu wissen, dass ich nicht mehr dazu sagen will. Und es ist schön, dass ich hier eine Beziehung habe, in der ich nicht mal erklären muss, wie es mir geht und mich verstanden fühle. Während bei Andreas ja sämtliche Erklärungsversuche gestern ins Leere gelaufen sind. Was ist nur mit uns passiert?

Als würde ich mich nicht ohnehin schon in ausreichendem Gefühlschaos befinden, passiert am Nachmittag dann noch etwas, dass meinen letzten Rest an Bodenhaftung hinwegfegt: Der Mann mit den braunen Augen, den ich im Café und im Restaurant gesehen habe, betritt unsere Buchhandlung!

Es ist schon kurz vor Feierabend und die Kunden, die dann noch kommen und umfassende Beratung beim Kauf eines Buches verlangen, das sie dann oft genug *nicht* kaufen, habe ich echt gefressen. Meine Kollegin ist schon weg, weil sie einen Arzttermin hat und ich bin im Lager als die Türglocke schrillt. Seufzend betrete ich den Laden, weil ich um diese Zeit genau so einen beratungsintensiven Kunden erwarte. Wie angewurzelt bleibe ich stehen, als ich ihn entdecke. Das kann doch kein Zufall sein, dass wir uns in so kurzer Zeit so oft begegnen, oder? Mein Herz pocht zur

Abwechslung mal freudig erregt und wäre es nicht so eine Standard-Situation in der Buchhandlung, wären mir sicherlich keine Worte eingefallen, aber so höre ich mich selbst sagen: „Kann ich Ihnen helfen?" bevor ich Zeit zum Nachdenken habe.

Als er mich ansieht, schaut er kurz etwas verdutzt, lächelt dann sehr freundlich und antwortet: „Ich bin auf der Suche nach einem Buch." – Ich muss grinsen, denn dieser Satz ist vom Informationsgehalt in einer Buchhandlung eher sinnlos, aber gehört zu den häufigen Antworten auf meine Frage. „Wenn Sie mir ein bisschen mehr über das Buch verraten, kann ich Ihnen womöglich helfen", rutscht es mir dann auch heraus. Er lacht. Und was für ein Lachen! Selbst die braunen Augen lachen mit und die Wärme und Menschlichkeit in diesem Lachen verschafft mir eine Gänsehaut, die ein leichtes Prickeln über den ganzen Körper verteilt. Er hält mir ein Stück Papier hin, das er in der Hand hält. „Ich suche genau dieses Buch", ergänzt er, immer noch lachend. Ich schaue darauf und sehe, dass es ein Zeitungsausschnitt mit einer Buchrezension ist. Es handelt sich um ein Kunstbuch und da ich die Rezension gelesen hatte, weiß ich, dass es ein Verriss war. „Das kann ich für sie bestellen und es ist morgen da. Wir haben es nicht für den Laden bestellt, weil die Bewertung nicht sehr gut ausgefallen ist", antworte ich ganz in meinem Element. „Der Rezensent hat keine Ahnung", kriege ich direkt zu hören. Nicht überheblich oder beleidigt, sondern ganz sachlich und ruhig. Ich bin beeindruckt und frage mich, wovon der Rezensent seiner Meinung nach keine Ahnung hat, denn die Rezension ist sachlich und gut begründet. Mir wird mal wieder klar, wie sehr man sich manchmal auf die Meinung anderer verlässt, wenn es einem selbst an tieferem Verständnis zu einer Sache fehlt. Und wie subjektiv gerade in der Kunst argumentiert wird, auch wenn die Worte noch so sachlich und objektiv formuliert sind.

Es mag – ganz subjektiv – an dem Mann mit den braunen Augen, der ruhig und souverän vor mir steht, liegen, aber ganz plötzlich spüre ich Zweifel an der Glaubwürdigkeit des Rezensenten. In meiner Wertung ist das Buch in den letzten Minuten schon mal deutlich aufgestiegen und ich frage mich, ob wir es nicht doch zur Ansicht in der Buchhandlung auslegen sollten ...

Meine Gedanken werden erst durch seine

Stimme unterbrochen: „Ja, das wäre nett, wenn Sie es mir bestellen!" Ich bin plötzlich wieder im Laden und reiße mich schweren Herzens vom Anblick seiner Augen los. „Ja, sicher", murmele ich und gehe zum Computer und suche den Titel im System. Das Buch kostet fast 70 Euro, das ist schon eine kleine Kapitalanlage. „Soll ich es Ihnen erst mal zur Ansicht bestellen?", schlage ich vor, denn vielleicht ist er sich ja doch nicht ganz sicher und froh, wenn er nicht direkt so viel ausgeben muss, sondern erst mal so reinschauen kann. „Nein danke, das ist nett, aber ich nehme es auf jeden Fall." – „Okay. Auf welchen Namen soll ich das Buch bestellen?" – „Markus Marx ..." und es folgt eine Adresse, die gar nicht so weit von hier entfernt ist. Markus ... meine Gedanken ziehen kleine Schleifen um den Namen und um ihn. „Konzentrier' dich mal auf deine Arbeit!", rufe ich mich selbst zur Raison.

Wie immer, wenn mir jemand beim Tippen zusieht, vertippe ich mich mehrfach. Vielleicht liegt es aber auch daran, dass mich diese Begegnung mehr aufwühlt, als ich das zugeben möchte. Nach der Verabschiedung merke ich, dass meine Knie ganz weich geworden sind.

Was war das denn gerade? Was passiert da mit

mir? Ich fühle mich beschwingt, leicht und verwirrt zur gleichen Zeit. Und dann kommt mir Andreas in den Sinn. Unser Streit, so viel Unausgesprochenes und genauso viel Ausgesprochenes, was doch nicht verstanden wird. Wie fremd sind wir uns geworden. Wo ist die Leichtigkeit und Beschwingtheit, wenn ich mit ihm zusammen bin? Ja, klar. Die erste Verliebtheit ist dem Alltag gewichen, aber auch der kann gemeinsam sehr schön sein! Die Leichtigkeit und Unbeschwertheit in Markus Marxs Nähe steht dazu in vollem Kontrast. Bin ich gerade dabei, mich in Markus Marx zu verlieben? So ein Quatsch! Das ist eine Schwärmerei, vermutlich aus Frust, weil es mit Andreas gerade nicht gut läuft. Ich liebe ihn doch! Wir haben eben eine Krise, die uns helfen kann, wieder frischen Wind in die Beziehung zu bringen.

Ich und du

Gedankenschwer und sehr durcheinander fahre ich nach dieser Begegnung nach Hause. Und weil ich so in Gedanken bin, werde ich beim Überqueren der Straße fast überfahren. „Claudia, reiss' dich mal zusammen!" sagt mein vernünftiges Ich und auch das gedankenversunkene Ich hat einen riesigen Schrecken bekommen und verhält sich mal ruhig.

Als ich zur Tür herein komme, ist zu meiner großen Überraschung Andreas schon da. Er hat beim indischen Restaurant Essen geholt und den Tisch gedeckt. Es steht ein etwas zu großer Blumenstrauß auf dem Tisch und ein kleines Geschenkpaket liegt auf meinem Teller. Ich freue mich. Das ist ja wirklich süß und zeigt doch, dass Andreas verstanden hat, worum es mir ging. Ich lächle ihn an und hänge meine Jacke an den Kleiderhaken. Es ist wirklich schön, nach Hause zu kommen und der Partner erwartet einen mit Essen und – was mir noch mehr bedeutet – mit seiner Anwesenheit und Aufmerksamkeit. Ich kuschle mich an ihn und mir fällt auf, wie sehr ich das vermisst habe. „Es tut mir leid, dass wir uns so gestritten haben", muss ich sofort loswerden. „Ja, mir auch!", kommt es von Andreas zurück und er macht mich nochmal auf das Geschenk aufmerksam:

„Ich habe dir auch was mitgebracht. Willst du es nicht aufmachen?" Wie ein kleiner Junge schaut er mich erwartungsvoll an, so dass ich unweigerlich grinsen muss. Schnell holt er das Päckchen vom Tisch und drückt es mir in die Hand. Eigentlich möchte ich gar kein Geschenk, sondern weiter die Geborgenheit in seinen Armen spüren, aber ich sehe, dass er vor Vorfreude auf meine Reaktion gar nicht warten kann, bis ich ausgepackt habe. Also öffne ich es langsam, so wie ich es immer mit Geschenken mache. Ich schaue das Geschenk von allen Seiten an und sehe auf der Schleife ein kleines Etikett, das mir verrät, dass es sich um ein im Juweliergeschäft Bernier erworbenes und verpacktes Etwas handelt. In mir gibt es einen kleinen Stich. „Juwelier? Dein Ernst, Andreas?", denke ich traurig, denn Schmuck ist nun echt das Letzte, an dem ich wirklich interessiert bin. Langsam entferne ich erst das Etikett, dann die Schleife und schließlich das Klebeband. Ich mache das immer so, keine Ahnung warum, aber schon seit meiner Kindheit habe ich Geschenkverpackungen genauso wertgeschätzt, wie das Geschenk und alles vorsichtig entfernt. „Reiß es doch auf", fordert mich Andreas dann auch ungeduldig auf und seine Hände zucken bei der Versuchung, es mir aus der Hand zu reißen und zu öffnen. „Du kennst mich doch!", entgegne ich grinsend. Aber als ich die Kette mit einem übertrieben großen Herz-Anhänger mit einem kleinen Edelstein sehe, frage ich mich, ob er mich wirklich kennt. Ich möchte ihn ja nicht vor den Kopf stoßen, aber wirklich freuen kann ich mich über dieses unpassende Geschenk nicht. Aber natürlich weiß ich, dass er mir eine Freude machen wollte. Dass er extra losgefahren ist, um die Kette zu besorgen und dass er auch das Essen besorgt hat und zugesehen hat, dass er früh zuhause ist. „Danke, Andreas! Das ist wirklich lieb von dir!", höre ich mich sagen, während Andreas die Kette nimmt, um sie mir um den Hals zu legen. „Echt schön, nicht?", höre ich ihn sagen. „Das ist ein echter Diamant und die war nicht billig!", setzt er hinzu. Als ob mir das etwas bedeuten würde, dass sie teuer war! Ich bin traurig, fast schon enttäuscht. „Er bemüht sich!", ruft mich das vernünftige Ich zur Raison. „Und leckeres Essen hast du auch noch besorgt", lenke ich ab und setze hinzu: „Und ich habe Hunger wie ein Wolf!" Andreas bemerkt meine mangelnde Freude nicht oder überspielt es geschickt. „Na, dann lass uns mal unser Essen auf die Teller packen, bevor du tatsächlich zum Wolf wirst und dich auf mich stürzt", scherzt Andreas. Es scheint, als wäre er mit dem Erfolg seiner Überraschung insgesamt sehr zufrieden und kaum haben wir am Tisch angefangen zu essen fällt sein Blick auf die Uhr. „Oh, jetzt fängt schon „Walking Dead" an, es macht dir doch nichts, wenn ich mich vor den Fernseher setze, oder?" „Doch, tut es. Und wie!", möchte ich schreien, aber ich fühle mich zu müde, traurig. „Äh, ... ja, wenn dir das jetzt so wichtig ist ...", stottere ich nur und sehe zu, wie Andreas mit seinem Teller Richtung Sofa verschwindet. Das war jetzt die Versöhnung? Das war jetzt die Portion Nähe? Ich fühle mich überrollt und mehr Gefühle, als ich in diesem Moment verarbeiten kann, durchkreuzen meine Gedanken und meine Seele. Die würde ich gerne ausschalten und beschließe, schlafen zu gehen. „Gute Nacht, Andreas!", sage ich halblaut, aber Andreas ist nur noch auf den Fernseher fixiert und sieht nicht mal zu mir auf, als er mechanisch mit „Nacht, Schatz", antwortet.

Ich liege im Bett und fühle mich wie im falschen Film, im falschen Zimmer, beim falschen Mann. Wann ist der Andreas, den ich liebe, abhanden gekommen und dieser fremde, selbstzentrierte Mann hier eingezogen? „Ich kenne dich gar nicht!", schießt es mir durch den Kopf und „du mich auch nicht", tönt es hinterher und ich lege die hässliche, wenn auch vermutlich sündhaft teure Kette ab und auf den Nachtschrank. Der Impuls auch den Ehering abzulegen ist da, aber ich widerstehe ihm. Wir brauchen einen Neuanfang. So geht es jedenfalls nicht weiter. Nicht für mich. Und da ich sowieso nicht schlafen kann, gehe ich zurück ins Wohnzimmer, denn ich muss das Andreas sagen. Jetzt. Sofort. Sonst platze ich. So habe ich zumindest das Gefühl.

Als ich zurück ins Wohnzimmer komme, habe ich Glück. Es ist gerade Werbepause und Andreas sieht mich an. „Schatz, was ist?", fragt er mich und ich muss erst mal tief Luft holen, vielleicht auch nur, um Zeit zu schinden, denn ich möchte keinen Streit, ich möchte doch einfach nur, dass er begreift, wie es mir geht. „Andreas, ich habe mich echt gefreut, dass wir heute Abend Zeit miteinander hatten. Mich in deine Arme zu kuscheln war so schön. Ich möchte das wieder öfter fühlen!" – „Sei konkret", denke ich und suche nach etwas, das ich gezielt als Wunsch formulieren kann. „Ich möchte, dass wir uns abends wieder Zeit füreinander nehmen, so wie früher. Ich habe das Gefühl, wir kennen uns gar nicht mehr richtig". – „Na gut, der letzte Satz war jetzt nicht so konkret, wie ich wollte und Andreas schaut mich verständnislos an. „Klar hatten wir früher mehr Zeit füreinander, da waren wir auch in Studium und Ausbildung. Da hat man mehr Zeit. Und ich kann unmöglich jeden Abend so früh Schluss machen wie heute." Und noch während er das sagt, ist die Werbepause vorbei und Andreas Blick wandert zwischen mir und Fernseher hin und her. „Findest du den Fernseher jetzt gerade wichtiger als unser Gespräch?", kann ich nicht an mich halten und schwupps befinden wir uns wieder im offenen Streit. „Mein Gott, Claudi. Ich hab' doch Zeit mit dir verbracht und jetzt möchte ich einfach noch ein wenig ausruhen. Mein Tag war nämlich echt anstrengend, was du mit deinem bisschen Bücher abstauben natürlich nicht verstehen kannst". Bäng. Die Retourkutsche ließ ja nicht auf sich warten und schon ist die Stimmung wieder voller kleiner Giftpfeile. Darauf will ich mich aber erst gar nicht einlassen. „Wir fangen jetzt bitte nicht wieder die Diskussion an, wie anstrengend dein Job ist, während meiner ja total larifari ist. Das geht auch am Thema vorbei. Ich habe das so satt! Ich verlange doch nichts Unmögliches, sondern möchte einfach nur vernünftig mit dir reden, aber das kommt bei dir irgendwie nicht an." Und sehr passend zum Thema „das kommt bei dir irgendwie nicht an", sehe ich wie Andreas neben mir vorbei immer wieder zum Fernseher schielt. Ich bin so wütend, dass ich mich kaum noch halten kann. „Dann sieh dir halt lieber deinen Scheiß im Fernseher an. Dann wirst du mich ja auch nicht vermissen, wenn ich nicht mehr hier wohne und dich von der Glotze abhalte!", schreie ich und knalle die Tür zum Schlafzimmer, setze mich aufs Bett und fange an zu weinen.

Aus welcher Kammer meiner Seele kam denn dieser letzte Satz. Ausziehen? Trennen? Ehrlich? – „Aber nein, ich brauche nur eine Auszeit, eine Pause zum Sammeln und Nachdenken!", beruhigt mich mein vernünftiges Ich, während mir die Tränen weiter übers Gesicht laufen. Und obwohl ich mir Mühe gebe, nicht zu laut zu heulen, weiß ich doch, dass Andreas mich im Nachbarzimmer hören MUSS. Aber er kommt nicht herein, um mich zu trösten. Nicht mal, um mit mir zu reden. Nein, er kommt nicht, so sehr mein trauriges Herz es sich auch wünscht. Er muss doch merken, er muss doch begreifen, was hier auf dem Spiel steht? – Muss er? Will er? Offensichtlich nicht.

Ich weine und weine und kann mich gar nicht beruhigen. Sollte man nicht meinen, dass es irgendwann keine Tränen mehr gibt? Doch jedes Mal, wenn ich das Gefühl habe, ich kann nicht mehr weinen, meldet sich der Gedanke:

"Er sitzt da draußen und kommt nicht zu dir! Er WILL nicht!" und schon geht es weiter mit leisem, heiseren Schluchzen bis ich irgendwann in den Morgenstunden vor Erschöpfung in unruhigen Schlaf falle.

Drahtseilakt

Meine Augen sind geschwollen und kaum zu öffnen, als der Wecker mich unbarmherzig zum Aufstehen gemahnt. In mir drin fühlt sich alles leer und sinnlos an. Mein Leben hat irgendwie keinen Boden mehr unter den Füßen. Der Streit hat mein Selbstverständnis, meine Sicherheit, meine Bodenhaftung genommen. Mühsam schaue ich mich um: Andreas' Seite vom Bett ist unberührt. Er hat also nicht hier geschlafen. Ich quäle mich aus dem Bett und schleppe mich ins Wohnzimmer. Auch da kann ich ihn nicht entdecken. Sicherlich konnte er auch nicht schlafen, ihm geht es vermutlich wie mir. Und dieses Gefühl tröstet mich merkwürdigerweise und gibt mir Hoffnung: Wir leiden beide gleich und finden sicher wieder einen Weg zueinander! Ich beschließe, meine Lebensgeister mit etwas Kaffee zu stärken und gehe in die Küche. Auf dem Küchentisch liegt ein Zettel. Wie eine Ertrinkende stürze ich mich darauf, im festen Glauben, dass hier in Andreas' ziemlich unleserlicher Handschrift steht: „Wir kriegen das hin. Alles wird gut!" Mir zittern die Hände, so aufgeregt bin ich. Andreas hat den Zettel zusammengeklappt und fein säuberlich „Claudia" drauf geschrieben – als ob er für irgendwen anderen sein könnte! Vor lauter Aufregung kriege ich den Zettel kaum aufgeklappt. Meine Augen werden beim Lesen immer größer:

Hallo Claudia,

ich weiß nicht, was mit dir los ist. Ich gebe mir wirklich alle Mühe, es dir recht zu machen, aber du bist nicht zufrieden. Ich kann solche Szenen wie gestern einfach nicht gebrauchen. Für die Arbeit stecke ich in wichtigen Projekten, ich kann meinen Chef nicht hängen lassen, das solltest du verstehen. Ich finde dein Verhalten mir gegenüber sehr rücksichtslos und verstehe nicht, warum dir auf einmal unser Leben nicht mehr passt. Wir haben es doch gut? Wir sind doch ein gutes Team? Und wir verbringen doch Zeit miteinander.
Ich muss übermorgen beruflich nach München und mein Chef wollte eh, dass ich länger dort bleibe. Ich werde also früher fahren und dann kannst du in Ruhe mal nachdenken, was du mir hier eigentlich zumutest und vielleicht hast du dich ja auch wieder beruhigt und wir können wieder vernünftig miteinander reden.

Andreas

Mir wird schlecht und ich weiß nicht, was ich denken, fühlen, sagen soll. Und wieder sind Wut und Enttäuschung die beherrschenden Gefühle. Ich möchte mich verkriechen und melde mich krank. – „Du klingst auch echt nicht gut, Claudia! Kurier' dich aus!" sagt mir meine liebe Kollegin und ahnt nicht, dass es sich nicht um die fette Erkältung handelt, nach der sich meine verstopfte Nase und belegte Stimme anhört. „Danke!", hauche ich noch ins Telefon und lege auf. Ich lege mich ins Bett und falle sofort in bleiernen Schlaf. Diesmal ist kein Gedanken in meinem Kopf. Nichts, einfach nur Leere und Schwere.

Als ich wieder zu mir komme, ist es später Nachmittag. Ich möchte reden – und auch nicht. Ich möchte mit Andreas reden – und auch nicht. Möchte mit einer Freundin reden – und auch nicht. Meine unentschlossene Entschlossenheit geht mir selbst auf die Nerven. Das Klingeln des Telefons schreckt mich aus meiner Gedankenspirale. Da ich mir noch nicht sicher bin, ob ich mit jemandem sprechen möchte, schaue ich erst mal vorsichtig, wer da anruft. Es ist Andreas' Mutter. Da gehe ich auf keinen Fall ran, das steht sofort fest! Aber es gibt ja Anrufbeantworter und der springt an und ich höre die aufgeregte Stimme von Agnes, die aufs Band spricht. „Also Claudia, ich weiß ja nicht, was du mit meinem Jungen gemacht hast, aber der ist ja ganz durch den Wind. Ich habe ihm ja immer gesagt, dass so eine Träumerin wie du nichts für ihn ist. Das hat er nun davon. Ich erwarte, dass du dich zusammennimmst und hier nicht eure Ehe aufs Spiel setzt für irgendwelchen Kinderkram von Romantik oder was auch immer du dir da gerade zusammenreimst. Einen so wundervollen Ehemann wie ihn findest du ganz sicher nicht wieder! Andreas kann jede andere Frau haben." Fast wie eine Drohung fügt sie den letzten Satz nach einer kurzen Pause an und ich bin ziemlich vor den Kopf gestoßen. „Was mischt die sich denn ein?", kocht es in mir. Und da stoßen ja beide ins gleiche Horn, kein Wunder wo Andreas das dann her hat. Mit ihr hat er also geredet, aber mit mir kann er nicht? Stattdessen lässt er mich von ihr attackieren? Sie war also noch nie so richtig einverstanden mit mir? Mir gegenüber hat sie bisher immer die nette Schwiegermutter gemimt. Habe ich echt keine Ahnung von den Menschen um mich herum? Ober haben sie nur keine Ahnung von mir? Sind meine Bedürfnisse und Wünsche für die Beziehung mit Andreas wirklich so abwegig?

Ich greife zum Telefon und rufe meine beste Freundin an. Wir kennen uns seit der Schule und haben uns nie aus den Augen verloren und das ist ein ziemlich festes Fundament für eine Freundschaft. Ich reiße mich zusammen, um überhaupt sprechen zu können. „Hallo, Sophie! Hast du einen Augenblick Zeit?", soweit schaffe ich es noch, bis ich wieder anfange zu schluchzen. „Claudia, hey, was ist passiert?" – Auf die Antwort muss sie etwas warten, da ich erst mal mein Taschentuch, meine Tränen und meine Stimme in den Griff kriegen muss. „Andreas ... wir ....", bringe ich mühsam vor und presse hervor, was ich selbst nicht wahrhaben möchte: „Ich weiß nicht wie es weitergeht." Dieses Satzes hätte es nicht bedurft, denn Sophie hat schon an meiner Stimme erkannt, was los ist und ist schon im Rettungseinsatz: „Soll ich zu dir kommen?" – „Ja", presse ich mühsam heraus, bevor mich der nächste Weinkrampf schüttelt, in den sich diesmal ein Gefühl der tief empfunden Liebe und Freundschaft mischt. Das Glück, eine Freundin zu haben, die alles stehen und liegen lässt, wenn sie weiß, dass es brennt ... Und es brennt! „In einer Stunde bin ich da", höre ich Sophie noch sagen und nicke sinnloserweise stumm in den Hörer. Direkt werde ich ruhiger, auch wenn die Tränen noch lange nicht aufgebraucht sind.

Nicht ganz eine Stunde darauf ist sie da. Sie nimmt mich erst mal in den Arm, lässt mich ihre Bluse mit Tränen durchweichen, macht mir einen Kaffee und ein Brot. Denn tatsächlich habe ich heute ganz vergessen etwas zu essen … Erst nach einer gefühlten Ewigkeit habe ich mich soweit im Griff, dass ich ihr erzählen kann. Für sie kommt das Ganze etwas weniger überraschend als für Andreas und seine Mutter. Sie kennt mich definitiv besser und sie findet meine Bedürfnisse durchaus nachvollziehbar und verständlich. Gott sei Dank! Das Gefühl, ein spinnertes Huhn zu sein, das hier Unmögliches fordert, relativiert sich während wir reden. Ich fühle mich wieder etwas geerdet, menschlich, ruhiger.

Aber auch wenn das so ist, bleibt es ja beim grundsätzlichen Problem. Und ein Teil des Problems ist es, dass es mir einfach nicht zu gelingen scheint, mein Problem Andreas begreiflich zu machen. Sophie ist eine kluge Frau und so schlägt sie vor, sich Hilfe zu holen. Das erscheint in jedem Fall angeraten und da hätte ich im Grunde auch selbst darauf kommen können. Eine Eheberatung erscheint eine gute Idee. Es müsste sich doch jemand finden lassen, der mit Andreas und mir gemeinsam spricht und uns hilft, nicht aneinander vorbei zu reden. Ich möchte ja Andreas' Meinung wissen, bin offen für seine Vorschläge, aber dazu müssen wir erst mal auf einer Ebene miteinander reden, wieder eine gemeinsame Sprache finden. Mit dieser Perspektive schöpfe ich neuen Mut und es geht mir deutlich besser. Das „Wir schaffen das"-Gefühl ist wieder da! Danke Sophie! Was wäre das Leben ohne Freunde wie sie?

Nachdem Sophie gegangen ist, springe ich unter die Dusche und ziehe mich an. Die Abenddämmerung hat zwar schon eingesetzt, aber ich brauche zum Nachdenken etwas Bewegung und so gehe ich nochmal spazieren. Schon länger habe ich bemerkt, dass sich meine Gedanken im Gehen auch bewegen, während sie im Sitzen irgendwie auf der Stelle treten. Ich bin mir unsicher, wie ich auf Andreas zugehen soll. Ein Anruf erscheint mir nach den letzten Auseinandersetzungen gefährlich, einen Brief kann ich ihm nicht schreiben, eine SMS erscheint mir zu kurz. Also eine E-Mail, aber was schreibe ich? Was möchte ich erreichen, was KANN ich überhaupt erreichen? Andreas ist nicht die Person für Beratungsgespräche, aber ich sehe darin unsere einzige Chance. Ohne Vermittlung reden wir weiter aneinander vorbei, dessen bin ich mir sicher. Ich beschließe, ein paar Beratungs- und Mediationsangebote zu recherchieren, um Vorschläge zu haben, aber ihm die Entscheidung zu überlassen.

Nach einem sehr gedankenverlorenen Spaziergang, in dem ich von meiner Umwelt eigentlich nichts wahrgenommen habe, lande ich zuhause an meinem Laptop und recherchiere. Die Zeit vergeht schnell dabei und ich kann mich so auch noch ein wenig vor der E-Mail drücken, deren Wortlaut mir extrem wichtig erscheint und genau darum umso schwerer zu schreiben ist. Es ist schon Mitternacht, als ich mich, angetrieben von meiner inneren Unruhe, ans Schreiben mache. Es dauert lange, bis ich eine zufriedenstellende Version formuliert habe. Ich schicke sie in den Morgenstunden ab und falle dann erschöpft, aber auch ganz zufrieden ins Bett, wo ich in kürzester Zeit eingeschlafen bin.

Andreas findet folgende Mail in seinem Posteingangsordner:

Lieber Andreas,

es ist gut, dass wir Zeit zum Nachdenken haben, auch wenn ich mir wünschte, dass wir nicht im Streit auseinandergegangen wären, bevor du nach München gefahren bist. Ich hoffe, dein Besuch in München ist erfolgreich und nicht zu stressig. Ich weiß, wie wichtig du deine Arbeit nimmst und es ist etwas, was ich an dir liebe.

Überhaupt gibt es sehr viel, was uns verbindet. Du bist mir wichtig und unsere Ehe ist mir wichtig! Und gerade weil das so ist, möchte ich etwas dafür tun, dass wir unsere Beziehung aufleben lassen. Sicherlich erinnerst du dich an die Worte des Pfarrers bei unserer Hochzeit: „Was ist das Geheimnis für eine perfekte Ehe? Ganz einfach: Das Geheimnis ist, zu akzeptieren, dass Nichts perfekt ist! Eine Ehe braucht nicht Perfektion, sondern Lebendigkeit!"

Ich bin nicht perfekt, genauso wenig wie irgendein anderer Mensch. Wonach ich mich sehne ist die gemeinsame Lebendigkeit. Das klingt für dich alles komisch, wie mir scheint, aber für mich hat es eine große Bedeutung. Da wir in Gesprächen allein nicht weiter kommen, möchte ich vorschlagen, dass wir uns Hilfe holen, um besser miteinander reden zu können. Es gibt Beratungsstellen oder Mediatoren, die dafür in Frage kommen und ich habe dir das Ergebnis einer Recherche mal angefügt. Wenn du jemand anderen weißt, können wir auch gerne woanders hin gehen. Ich bin da offen für deine Vorschläge. Ich weiß, dass es nicht leicht ist, dies auch noch in den vollgepackten Alltag einzubauen, aber ich bitte dich von ganzem Herzen, es uns versuchen zu lassen!

Deine dich liebende
Claudia

Bemühungen

Als Andreas von München wiederkommt, teilt er mir sein Einverständnis für Gespräche mit einem Mediator mit. Um die Termine soll ich mich kümmern, was ich natürlich übernehme, auch wenn es nicht leicht ist, Zeitfenster zu finden, die in Andreas' vollgepackten Terminkalender passen. Die nächsten Monate sind geprägt von inneren und äußeren Kämpfen. Wir nehmen mehrere Termine beim Mediator in größeren Abständen wahr. Bei jedem Termin werden mehr Spannungen deutlich. Mir scheint es, dass Andreas sich nicht wirklich auf diese Gespräche einlässt, sondern sie nur wahrnimmt, damit keiner behaupten kann, er hätte nicht alles versucht, um unsere Ehe zu retten. Im Alltag merke ich keine Veränderung. Während der Sitzungen ist er wortkarg und immer wieder verständnislos meinem Wunsch nach Nähe gegenüber. Mehr Sex möchte er, das sei doch schließlich auch eine Form von Nähe, sagt er. Das, was wir haben, erscheint Andreas ansonsten gut, ausreichend und ganz normal. Wir kommen einfach nicht auf einen gemeinsamen Nenner. Für mich steht der Sex an zweiter Stelle. Wie soll ich mich körperlich auf ihn einlassen können, wenn ich mich als Mensch in meinen Bedürfnissen nicht wahr- und ernstgenommen fühle? Das funktioniert nicht. Nicht für mich.

Der Sex erscheint mir nur wie ein weiterer Bereich, in dem ich mich „ausgenutzt" fühle, genau wie beim Waschen, Kochen, Putzen, Einkaufen ... Wobei es gar nicht so sehr darum geht, dass ich mehr im Haushalt mache, sondern es geht um die fehlende Wertschätzung und Aufmerksamkeit mir gegenüber. Ich bin gerne bereit, etwas zu kochen, wenn wir es gemeinsam essen und dabei reden; wenn ich für das, was ich tue: Anerkennung und vielleicht mal ein Dankeschön bekomme. Das ist aber nicht so. Andreas futtert auf dem Sofa vor dem Fernseher, ich spiele dabei keine Rolle. Und das ist nicht erst so, seit die Kommunikation so verdammt schwierig geworden ist. Durch die Konflikte scheint jedes Wort das falsche zu sein und Missverständnisse verschlimmern die Lage. Tja, da hatte der Herr von Thun mit seinem Kommunikationsmodell recht: Wenn die emotionale Ebene nicht stimmt, dann kann auch die sachliche Ebene der Kommunikation nicht richtig funktionieren.

Die Gespräche beim Mediator bringen uns tatsächlich eher weiter auseinander, machen sie zumindest mir doch sehr deutlich, wie weit unsere Ansichten auseinander liegen. Was früher mit einem humorvollen „Gegensätze ziehen sich eben an" kommentiert wurde, fühlt sich heute an, als wären wir beide im falschen Film. Aber was noch entscheidender für mich ist: Wir haben keine Ebene des Verstehens, leben tatsächlich in anderen Welten, und alle Vorschläge des Mediators für Verbesserungen zu unserer Beziehung verhallen im Nichts. Meine Vorschläge für gemeinsame Unternehmungen werden von Andreas zumeist abgeblockt. Oder wir gehen Essen und es fehlt an Stimmung oder an passenden Worten, um miteinander ins Gespräch zu kommen. Andreas zeigt keinerlei Motivation für Rettungsaktionen für unsere Ehe. Zumindest fühlt es sich für mich so an und auch meine Motivation schwindet von Tag zu Tag. Andreas flüchtet sich zu seinen Kumpels so oft er kann. Und das ist ziemlich oft. Seine Begründung bleibt, dass er bei all dem Stress auf der Arbeit ja mal Abschalten muss und jetzt, wo ich ihm zuhause das Leben auch noch schwer mache, muss er sich einfach mehr Auszeiten gönnen.

Wie konnten wir uns nur so auseinander leben? Und auf die Frage, was ist von unserer früheren Beziehung übrig, muss ich mir schmerzlich eingestehen, dass es nicht viel ist. Und mir wird klar: Hoffnung auf Besserung habe ich auch nicht mehr. Manchmal mischen sich Gedanken an Markus Marx in meine Träume, auch wenn ich ihn seit seiner Buchbestellung nicht wiedergesehen habe. Das Buch hatte er damals bei meiner Kollegin abgeholt, so dass ich ihn nur kurz sah. Mir ist schon klar, dass diese Schwärmerei keine Bedeutung hat, außer mir deutlich zu machen, wie sehr ich mich innerlich von Andreas entfernt habe. Und da die Stimmung zwischen uns so schlecht geworden ist, fällt mir auf, dass ich mich tatsächlich besser fühle, wenn Andreas nicht da ist. Eine Erkenntnis allerdings, die mich allgemein betrachtet definitiv nicht besser fühlen lässt.

Bei unserem nächsten Termin beim Mediator spreche ich diese Gefühle an. Schönreden hilft ja nichts und ich denke, dass wir nur mit Offenheit weiter kommen können, aber wir stoßen mal wieder an die Grenze gegenseitigen Verstehens. Denn Andreas geht sofort in die Offensive: „Sag' doch einfach, dass du dich trennen willst, dann brauchen wir hier auch nicht diesen Psychoquatsch zu machen. Immer dieses nutzlose Rumgelaber. Ich habe echt wichtigere Dinge zu tun, als hier ständig rumzusitzen. In zwei Wochen soll ich für meinen Chef das Konzept für eine neue Niederlassung fertigstellen. Da ist noch so viel zu erledigen, aber stattdessen sitze ich hier rum und höre mir dein Gemecker an, von mehr Zeit und so. Mein Gott, Claudi, du warst doch früher nicht so verständnislos und egoistisch! Mir reicht das jetzt! Du willst deine Ruhe haben? Kannst du. Ich gehe."

Mit diesem Worten springt Andreas wütend auf und verlässt den Raum. Der Mediator und ich sehen uns schweigend an. Die Tränen bahnen sich sofort ihren Weg. Wieso habe ich nur so dicht am Wasser gebaut? Aber egal, ganz egal. Auch ich möchte jetzt gehen, möchte nicht mehr reden, auch ich habe die Schnauze voll. Und vor allen Dingen habe ich das Herz voll. Mein Autopilot führt mich zu Sophie, nicht nach Hause und ich genieße einmal mehr den Luxus einer Freundin, die ohne zu fragen und ohne zu zögern da ist, wenn ich sie brauche. Und mehr als ein mühsam zwischen Schluchzen und Weinen herausgepresstes „Ich glaube, das war's", meinerseits ist nicht nötig. Sie nimmt mich in den Arm und hält mich fest, so wie ich es mir von Andreas gewünscht hätte, aber wozu er aus mir unerklärlichen Gründen nicht mehr in der Lage zu sein scheint.

Rückzug

Ich bin lange bei Sophie, aber im Grunde reden wir nicht viel. Es gibt gerade auch gar nicht viel zu reden oder zumindest nichts, was nicht schon gesagt worden wäre und ich fühle mich so erschöpft, dass ich einfach nur Nähe und Geborgenheit brauche. Rainer, ihr Mann, der natürlich um die Ehekrise weiß, hält sich im Hintergrund. Auch er ist sehr feinfühlig und bestes Beispiel dafür, dass nicht alle Männer emotional so beschränkt sind wie meiner.

Als ich nach mehreren Stunden nach Hause fahre, finde ich Andreas' Schlüssel auf dem Tisch und seinen Kleiderschrank offen stehend und leer geräumt. Er hat also direkt ernst gemacht, so wie er es gesagt hat.

Langsam gehe ich durch die ganze Wohnung, als wäre ich hier heute zum ersten Mal. Jedes kleine Detail der Wohnung nehme ich bewusst wahr. Sehe die Lücke am Waschbecken im Badezimmer, wo seine Zahnbürste stand. Die Kaffeetasse in der Spüle, aus der er heute Morgen noch getrunken hat. Das Hochzeitsfoto im Regal im Wohnzimmer, auf dem wir so glücklich aussehen, als könnte nichts auf dieser Welt uns traurig stimmen oder auseinander bringen. Und jetzt? Jetzt haben wir das doch hingekriegt. Was heißt „wir"? Ich. Ich habe das hingekriegt, mit meinen Wünschen, meinen Forderungen. Meinem Verlangen nach einer Rückkehr zu diesen glücklichen Tagen. Dieses Verlangen hat dazu geführt, dass wir nun unglückliche Tage haben. Dass wir uns den Rücken gekehrt haben. Hätte ich doch einfach den Mund gehalten und weiter gemacht! War es denn wirklich so schlecht, was wir hatten? Nein, war es nicht. Aber es war eben auch nicht gut. Nicht mehr. Wir haben uns nicht gestritten, aber nicht, weil wir uns so gut verstanden haben, sondern weil wir uns nichts mehr zu sagen hatten. Dieser Gedanke macht mich unendlich traurig. An welcher Stelle sind wir falsch abgebogen? Wir wollten doch gemeinsam gehen?

Die Gedanken kreisen wie Aasgeier über den Resten meiner Ehe und die Erkenntnis, dass dies womöglich ihr Ende ist, spielt mit meinem Herzen Pingpong. Mal glaube ich es, dann wieder kann ich mir nicht vorstellen, dass unsere Beziehung jetzt und so endet. Aber wieviel Beziehung hatten wir denn überhaupt noch? War unsere Beziehung nicht schon längst beendet und wir haben es einfach nicht bemerkt? So viel Ungesagtes, so viel Missverstandenes, so viele Gefühle ... Ich weiß nicht wohin mit den Gedanken, wohin mit den

Gefühlen. Also lege ich mich ins Bett und ziehe mir die Decke über den Kopf, als ob sie den Gedankenstrudel abhalten könnte. Das kann sie natürlich nicht. Und unaufhaltsam reiht sich Gedanke an Gedanke, bis ich nicht mehr kann. Ich lasse sie einfach durch mich hindurch ziehen und schlafe irgendwann völlig erschöpft ein.

Als ich wieder aufwache bin ich wie im Nebel. Meine Sinne funktionieren, mein Körper funktioniert. Die Gedanken rotieren vermutlich weiter, aber ich nehme sie nicht mehr wahr, fühle mich innerlich leer. Wie ein Automat stehe ich auf, mache mich fertig und gehe zur Arbeit. Ich lächle, bin freundlich und hilfsbereit zu den Kunden, atme, esse, schlafe, mein Herz schlägt, aber meine Seele bleibt leer.

Sophie ist für mich da, ruft mich an, nimmt mich in den Arm, bringt mich zum Lachen, kurze Momente in denen ich zum Leben erwache, um dann wieder im Nebel zu verschwinden. Ich bin gerade irgendwie nicht da.

Ein neuer Anfang

Der Zustand dauert mehrere Wochen. Ich funktioniere, aber ich lebe nicht, ich fühle nicht. Aber es ist okay, denn so schütze ich mich. So überlebe ich, wenn man so will. Andreas will nichts mehr mit mir zu tun haben. Er ist verletzt, enttäuscht, wütend – aber er möchte das nicht mit mir klären. Er ist nicht zu Gesprächen bereit. Und irgendwie hat er ja auch Recht, was könnte noch zu sagen sein? Er kommt und holt sich Möbel ab und ich merke, dass ich in seiner Nähe keine Luft mehr bekomme, dass mich die Wohnung, die einmal unser gemeinsames Zuhause war, zu erdrücken scheint. Zum Glück haben wir die Wohnung nur gemietet und Sophie hilft mir, eine neue Bleibe zu suchen, spricht mit Andreas, der als Hauptmieter eingetragen ist – natürlich, der Mann, ... – und er kündigt die Wohnung.

Es fällt mir trotz allem schwer, auszuziehen und damit diesen Teil meines Lebens abzuschließen. Aber ich fühle, dass es richtig ist. Dass es wichtig ist und dass es besser ist. Ich finde eine schöne kleine Wohnung in der Nähe der Buchhandlung, die wenig kostet und zentral gelegen, schön geschnitten, hell und freundlich ist und MEIN neues Zuhause wird. Nachdem der Umzug geschafft ist, macht es Spaß, die Wohnung so einzurichten, ganz so wie es mir gefällt. Manchmal entscheide ich mich genau für die Dinge, die Andreas nicht gefallen hätten. Farben, die er niemals an den Wänden geduldet hätte. Eine weinrote Wand in der Küche zum Beispiel. Sophie hilft mir, wenn auch manchmal mit leichtem Kopfschütteln, aber sie weiß, dass ich das gerade brauche und wenn ich meine Meinung ändere, dann wird sie mir helfen, die Wand auch wieder anders zu streichen. Das weiß ich und so kann ich beruhigt Experimente machen und bin manchmal selbst überrascht, wie gut manche meiner Ideen in der Umsetzung werden. Ich atme wieder und es gibt kleine Augenblicke, in denen ich mich zufrieden, fast schon glücklich fühle. Ich merke, wie meine Seele manchmal leise lächelt.

Kleine Dinge werden mir wichtig. Die ersten Sonnenstrahlen auf der Nase nach mehreren Regentagen. Ich nehme sie wahr und sauge die Wärme und Freude, die in ihnen stecken auf. Meine innere Leere möchte angefüllt werden. Ich spüre eine unbändige Sehnsucht nach Leben, nach Lachen, sogar nach Liebe – auch wenn ich mich davor fürchte und weiß, dass ich dazu erst mal über Andreas hinwegkommen muss. Wie oft sehe ich ihn, oder glaube ihn zu sehen, wenn ich unterwegs bin und mir jemand entgegenkommt, der ihm von Statur und Frisur her ähnelt. Es gibt jedes Mal einen kleinen Aussetzer meines Herzens, bis ich erkenne oder bewusst wahrnehme, dass es eben nicht Andreas ist.

Als ich ihn dann an einem Abend tatsächlich in einem Restaurant wiedersehe, fühlt es sich mehr als merkwürdig an. Er ist mir fremd geworden und gleichzeitig so vertraut. In einem schicken Anzug sitzt er mit einer verträumt aussehenden Blondine an einem Tisch und kann den Blick gar nicht von ihr wenden, sie halten sich über dem Tisch an den Händen. Eine neue Frau gibt es also in seinem Leben. Das ging ja schnell! Es überrascht mich, dass ich mich nicht eifersüchtig fühle. Fast empfinde ich es als Erleichterung, dass er wieder Jemanden gefunden hat, der ihm dann auch die Wäsche wäscht, für ihn kocht, den Haushalt schmeißt und auch sonst den Rücken freihält, für die Arbeit. Ich fühle mich damit endgültig aus er Verantwortung entlassen. Das fühlt sich tatsächlich befreiend an!

Da die beiden nur Augen für sich haben, gelingt es mir, unbemerkt mit Sophie das Restaurant wieder zu verlassen, ohne von ihnen gesehen zu werden. Andreas gesehen zu haben und die veränderte Situation durch seine neue

Freundin öffnet mir die Lippen, die seit der Trennung verschlossen waren. Das Gefühl, nichts mehr zu diesem Thema zu sagen zu haben, verschwindet und wir reden die ganze Nacht. Ich fange an, nicht nur die Worte, sondern auch den Schmerz dahinter loszulassen. Damit tritt er an die Stelle der Leere, aber ich bin inzwischen soweit, ihn zuzulassen, zu akzeptieren und – was mir freilich nicht gleich klar ist – auch damit anzufangen, ihn zu überwinden.

Einige Monate vergehen, in denen ich mich neu sortiere und auf mich selbst konzentriere. Tatsächlich taucht in dieser Zeit gelegentlich wieder Markus Marx auf, um sich Bücher zu bestellen. Je weniger ich innerlich mit mir selbst zu tun habe, desto offener kann ich mich auf seine lockere Art einlassen. Sein stets schmunzelnd wiederholtes Intro „Ich bin auf der Suche nach einem Buch" wird zum Running Gag zwischen uns und lässt mein Herz schneller schlagen, genauso wie der schelmische Blick aus diesen warmen braunen Augen dazu, der auf meine Reaktion wartet. Und es macht Spaß, sich immer wieder einen neuen Konter auszudenken. Angefangen von „Schon wieder? Der Trend geht wohl eindeutig zum Zweitbuch?" über „Finden Sie nicht, dass

Sie es mit den Büchern langsam etwas übertreiben?" zu „Na, dann sollten Sie vielleicht zuhause mal Ihre Bibliothek neu organisieren?" gibt es – wenn auch teils verständnislose Blicke anderer Kunden – von ihm jedes Mal ein fröhliches Lachen. Es tut wirklich gut, Leichtigkeit im Umgang mit einem Mann zu erleben, aber mehr auch nicht. Ich bin nicht bereit für mehr. Und so beschränken sich unsere Begegnungen auf kleine Scherze beiderseits und Herzklopfen meinerseits.

Mit Andreas habe ich überhaupt keinen Kontakt mehr. Seit ich ihn im Restaurant gesehen habe, scheint er von der Bildfläche verschwunden. Auch ich versuche nicht, den Kontakt wieder herzustellen. Warum auch? Wir haben nichts mehr gemeinsam. Mir wäre es ein Bedürfnis, meine Beweggründe verständlich zu machen, aber da mir dies nicht gelang, während wir noch zusammen lebten, habe ich wenig Hoffnung, dass dies jetzt anders ist. Mein Leben findet jetzt mit mir statt, es kreist nicht mehr um Andreas und seine Bedürfnisse und anfangs fällt es mir schwer, zu wissen, was ich selbst möchte und was mir gut tut. Aber ich habe Zeit, es herauszufinden. Und diese Zeit nehme ich mir auch.

Obwohl ich irgendwann nicht mehr an Andreas denke, bleiben wir durch unsere Ehe miteinander verbunden. Bevor ich selbst an den Punkt gelange, dass erst eine Scheidung unsere Beziehung auch formal abschließen kann, flattert mir mit der Post sein Scheidungsantrag ins Haus. Der letzte Schritt unserer Trennung ist damit eingeleitet. Zum Gerichtstermin begleitet ihn die Blondine, mit der ich ihn damals im Restaurant gesehen hatte. Mich begleitet Sophie. Sein ganzes Gehabe signalisiert „Unverwundbarkeit". Es gibt auch jetzt nichts zwischen uns zu sagen. Die Scheidungsformalitäten werden drinnen abgewickelt, während vor der Tür Sophie und die Blondine warten. Als wir nach draußen kommen, fühle ich mich frei und richtig gut. Andreas wird von seiner Freundin heftig umarmt und geküsst, als wäre er endlich aus den Fängen eines schrecklichen Drachens befreit. Ich halte mein innerliches Grinsen zurück und überwinde mich, auf Andreas zuzugehen. Es ist mir wichtig, dass wir nicht im Streit auseinander gehen. Ängstlich schaut mich seine Freundin an, während Andreas leicht unsicher wirkt. „Es hat einfach nicht gepasst zwischen uns. Wir haben nur etwas gebraucht, um es zu merken, aber so ist das Leben einfach. Ich wünsche dir alles Gute,

Andreas!" und ich strecke ihm meine Hand entgegen. Nach kurzem Zögern ergreift er sie und bringt ein kleines Lächeln zustande, das mich an den Mann erinnert, in den ich mich vor gefühlten 100 Jahren verliebt hatte. Während wir langsam unsere Hände schütteln und uns ansehen ist es, als ob der Groll, der sich zwischen uns so breit gemacht hatte, einfach abzieht. „Ja, so ist das Leben manchmal einfach.", wiederholt er leise und es schwingt ein wenig Bedauern darin. Ich bemerke, dass seine Freundin ihn daraufhin eifersüchtig ansieht, doch bevor sie diesen versöhnlichen Moment zwischen uns zerstören kann, lächle ich sie freundlich an und gebe auch ihr die Hand. „Macht's gut, ihr zwei!" beschließe ich die Konversation, hake mich bei Sophie unter und wir verlassen das Gerichtsgebäude.

Für mich hätte es keinen besseren Abgang geben können und ich fühle mich ganz leicht und frei – und ungebunden. Und es ist sicherlich kein Zufall, dass am folgenden Tag Markus Marx wieder einmal mit einem Zettel in der Hand in die Buchhandlung kommt und grinsend „auf der Suche nach einem Buch" ist. Da es sich diesmal um ein Werk handelt, das wir in der Auslage haben, helfe ich ihm dort suchen und biete ihm, ganz im Stil einer guten

Verkäuferin, ein „Darf es diesmal ein wenig mehr sein?" an und schlage ihm weitere Bücher der Auslage zur Anschaffung vor. Seine braunen Augen blitzen als er sagt: „Wir sollten uns dringend mal über Ihre Auswahl an Kunstbüchern hier unterhalten!" Während ich noch mit spielerisch verschränkten Armen darauf warte, welchen Scherz er damit verbindet, ergänzt er mit strahlendem Lächeln: „Das könnten wir gut bei einem gemütlichen Essen besprechen, finde ich!" Und mir bleiben einfach mal die Worte weg, während die Schmetterlinge durch meinen Bauch flattern ...

Mein besonderer Dank gilt dem Feedback und „Peer Lectorate" meiner wundervollen und verlässlichen Freundinnen, die in der Figur der Sophie verschmolzen sind.

Und für wen es ebenfalls „etwas mehr sein darf", der kann einige meiner Gedichte und Kurzgeschichten frei zugänglich in meinem Blog lesen:
http://coraschreibt.wordpress.com

Cora G. Molloy, Jahrgang 1968, wuchs in einem Elternhaus mit vielen Büchern auf. Kein Wunder, dass Bücher, Lesen und Worte zu ihren Leidenschaften gehören. Schon früh verfasste sie Gedichte und erfand immer wieder neue Geschichten. In allen Lebensphasen schrieb sie: Tagebuch, Briefe, Aufsätze, Buchrezensionen, Gedichte und Geschichten.

Nach dem Geschichtsstudium, zog es sie zurück zu den Büchern und sie wurde Bibliothekarin. Sie ist geschieden und lebt mit ihren beiden Kindern und zwei Hunden im Rheinland, wo sie als Bibliothekarin arbeitet.

2017 erschien mit *Unglaublich, Stina* ihr erster Gedankenroman. Auch in *So ist das Leben einfach* bleibt sie sich und ihrem Stil treu. Wie im ersten Buchprojekt finden sich Bilder und Worte zusammen, um den Gedanken gemeinsam Ausdruck zu verleihen.